◎ 全国首批森林康养基地

三晋凉都乌金山

乌金山风景

WUJINSHAN FENGJING

主编 王琳玉

山西出版传媒集团
山西经济出版社

《乌金山风景》编委会

主　　编：王琳玉

执行主编：李彦乔

副 主 编：刘锦萍　王冬青

编　　辑：刘红英　魏荣华　闫　震
　　　　　胡满川　孙彦军　王亚萍
　　　　　王宇宁　闫利鹏　王明星
　　　　　剌小平　刘　堃　杨洁琼

摄　　影：王冬青　温建伟

图片制作：智丽荣　葛　瑞　张　君
　　　　　武建平　祝丽娜

序 言

榆次区政协主席　王琳玉

乌金山国家森林公园旅游资源非常丰富，众多的自然景观散落在乌金山的密林深处。这些景观伴随着许多历史事件、历史人物和美丽传说，一直被人们津津乐道。到乌金山探幽访古，避暑消夏，无疑是一件非常惬意的事。

走进乌金山的密林，踩在被千年古叶铺成的犹如席梦思般柔软的林间小路上，星星点点的阳光从密密的林梢洒落下来，你会感到别有一番情趣在心头。小松鼠从这棵树上跳到那一棵树上，毛茸茸的大尾巴一闪就不见了，它或许突然又出现在你的头顶。千百只鸟儿在林间自由自在地歌唱，会使你突然想起欧阳修那首著名的七绝《画眉鸟》："百啭千声随意移，山花红紫树高低。始知锁向金笼听，不及林间自在啼。"这首诗的蕴意只有在此时此刻你才会真正体味到。路边不知名的小花好似不经意地开放着，不管你是不是欣赏它，它都要无怨无悔地绽放。而正是这些快乐的松鼠和爱唱歌的

鸟儿，与千红万紫的花朵才使乌金山的森林更具无穷的魅力。

这里的安谧清幽和诗情画意会使你顿生一种脱离尘世的感觉。

如果你走到馒头山的东坡上，你会发现在山石上有一个巨大的脚印，我们不管有关这个脚印的神话如何怪诞，但面对它你却不能不产生深深的迷茫，怎么周围的石头历经千年万年早已风化，而唯独这个脚印却安然无恙？

如果你来到大洪山山巅的一块岩石上，你会看到这里有一个自然形成的凹洞。此凹洞形如海碗，碗内有过半清水，透澈见底，经年不涸。杯中之水从何而来？即便隆冬腊月，杯内泉水也不结冰，这是怎么回事呢？

如果你继续向前走，爬到大洪山的北梁，你会发现一个奇异的现象，此处有白、灰、蓝、绿、红、黄、紫七色流砂，色彩斑斓的流砂从峰巅直泻而下，奇异的是，这一带各色砂岩分布成条块状，互不相掺，界限分明，仿佛是一张巨大的七彩地毯。站在这块七彩巨毯面前，你不得不佩服大自然的鬼斧神工。

　　像这样的自然景观在乌金山可以说比比皆是，走在乌金山上，说不定什么时候，你的脚下就踩着一个精彩的故事。

　　乌金山的人文景观也非常丰富，首先是宗教文化遗存在这里显得尤为突出。在乌金山境内，佛、道、儒大小寺庙就有几十座。位于大洪山的镇寿寺就是隋末唐初建设的佛教寺院，距今已有1400年的历史。

　　位于紫金山上的华严寺（又称紫严寺）也是一座著名的寺院，此寺是唐代佛教传播人李通玄（李隆基的叔叔）悉心诠释《华严经》的地方。紫金山华严寺之所以赫赫有名，与李通玄数年如一日精心研读和著述有着密切的关系。

　　位于中林山上的和合寺也是乌金山地区较有名的寺庙，寺内供和合二仙。何谓"和合"，是指和睦和顺及相亲相合的意思。体现了中华民族相亲相爱的传统美德，故深受百姓的喜爱。

　　其他如三圣院的三圣殿也颇具特色，殿内释迦牟尼居中而坐，孔圣与太上老君分列左右，佛、道、儒集于一殿，中国传统文化的

三大支撑在这里得到最好的彰显。此殿现已经被拆毁，但我们依然可以从这些遗址或遗迹中窥见乌金山宗教文化的源远流长。

2007年以来，乌金山文化旅游开发公司修复了水晶院寺庙群景区、龙王庙寺庙群景区、太清宫寺庙群景区、弥勒大佛台景区、天缘谷景区、九峰塔景区、九龙湖景区，开发了狂欢谷、神坛、七星楼和山外山大酒店等娱乐、服务设施，推出了五国皇家大马戏、《轮回乌金山》大型山水实景剧演出，一个功能完善、服务优良的AAAA景区向游人开放。

除以上谈到的这些景区景点以外，还有许多名人遗迹可以凭吊。有位于西左付村清代两湖提督张彪的祠堂，位于南咀村的革命先驱韩麟符烈士墓园，等等。

看不尽的乌金山风景，说不完的乌金山故事。只要你一走进这片寂静的山林，你一定会在这个不一样的世界里领略到一些不一样的情韵！

为了让游客对乌金山国家森林公园有一个较为详细的了解，我们特编撰了这套书。

目录 contents

序言 / 王琳玉　　　　001

第一章　自然景观

天台揽胜　　　　002
罕山时雨　　　　004
林海日出　　　　006
明湖沉绿　　　　007
洪山飞瀑　　　　008
七彩流砂　　　　010
龙泉映月　　　　012
叠瀑飞泉　　　　013
红叶抱湖　　　　014
林海听涛　　　　015
水晶漫院　　　　016
玉皇高阁　　　　017

藏狮古洞	018
紫气陨石	019
青羊指路	020
巨石脚印	022
鳄鱼吞珠	023
吐沫成池	024
饮狮神泉	025
悬崖奇音	026
石坎容杯	027
骆驼出山	028
九莲神灯	030
山花烂漫	030
玉带云雾	032

第二章 人文景观

水晶院	034
龙王庙	038
太清宫	041
弥勒大佛台	044
罗汉阁	046
神坛	051
九龙壁	053
九峰塔	055

天缘谷	057
山神庙	059
镇寿寺	060
和合寺	062
华严寺	064
张彪祠堂	065
寺僧塔林	068
敦崇礼墓园	070
德顺堂	071
清正园	073

第三章　狂欢天地

乌金山狂欢谷主题公园	080
五国皇家大马戏	120
高空玻璃栈道	125
山外山大酒店	126
七星楼	131
乌金山李宁国际滑雪场	133

第四章　历史遗存

新石器遗址	136
古战场遗址	137

古驿站遗址	137
古佛寺遗存	138
碑碣石雕遗存	139
革命战争旧址	139

第五章　名人传略

刘知远	142
李三娘	145
田志超	149
盖　聂	152
张　彪	154
赵虎臣	157
韩麟符	159
高国杰	162

第六章　植被·物种

植　被	166
物　种	171

第一章 自然景观

据明万历年间《榆次县志》载:"罕山自太行连络而下,层峦起伏,视诸山独为壮丽,实邑中一形胜也。"足见乌金山风景之壮美。清晨,一缕缕紫色的山岚在山间升腾飘逸。透过雾岚,恍惚看到群峰在紫雾里飘摇,似有似无,似隐似现,似动似静,似近似远。傍晚,日挂林梢,霞光满天,微风轻拂,层林尽染,简直是一幅远淡闲适的水墨丹青。置身山林之间,使人心旷神怡,宠辱皆忘。天地造化在乌金山的丛林里留下了数不清的自然景观,这里自古就有罕山八景之说,近代又有许多奇景发现。乌金山的自然奇观简直星罗棋布,不胜枚举。这些景观有的还伴有美丽的传说,更加增添了它们的神秘色彩和无穷魅力。

天台揽胜

乌金山天台峰顶有神坛,神坛是景点也是观景台,观景台上有观景亭,观景亭内石碑上镌刻有四个大字:"天台揽胜。"登上神坛放眼向四周望去,远山近景尽收眼底。远处,群山叠翠,绵延起伏,真乃大气磅礴,不可一世。近处,峡谷深幽,林涛翻卷,好个

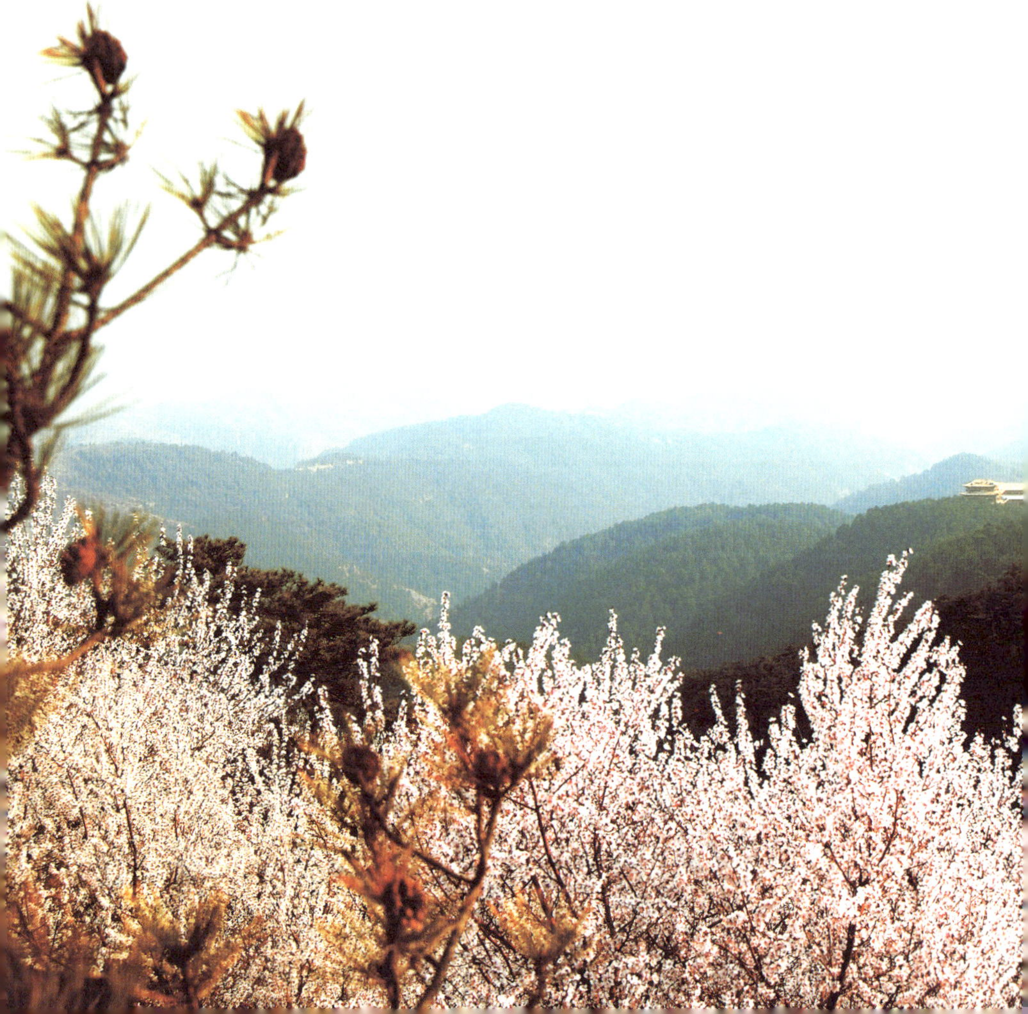

天台揽胜

绿浪纵横，瑞气盈天。如果你是在上午登临天台峰，又恰逢春和景明，乾坤一朗，那你就可以看到蓝天如洗，远山澄碧，直与飘动的白云相接相连。脚下的乌金山大峡谷中，常青的松柏簇拥着一片片盛开的山桃花，真是"万顷碧海浮红云，自然天成鬼神工"。任凭再高明的画家也难以描绘眼前的美景。此时此刻，你定会感到此我彼我，神清气爽，所想所思，旷远悠长。如果你是在下午来到天台峰，又恰逢斜阳西照，那么，远峰近山，苍松翠柏，尽皆沐浴在柔和的霞光里。橘红色的雾岚把远山染成紫色，一层一层，苍苍茫茫，一处一处，浓淡相宜。待到夕阳西下，落霞飞腾，你会蓦然想起毛泽东"苍山如海，残阳如血"的名句。不同的时节，乌金山有着不同的动人风景，不管你什么时候光临天台峰观景台，乌金山都会给你一份别样的惊喜。

罕山时雨

ZIRANJINGGUAN

　　罕山时雨亦称诸峰时雨，位居榆次古八景之首，此景在榆次的旧县志中多有记载。乌金山昔名龙王山，为罕山群峰的腹地。这里漫山遍野长满茂密的松林，放眼望去，绿海翻滚，无边无垠。在水晶院南向和北向的深谷中，更是林茂草丰，植被覆盖非常严密。正所谓下不见土石，上不见天日。地气氤氲，空气潮湿，形成十分独特的小气候。不知什么时候，天上就会飘来一块云彩，顿时便甘霖洒下，转眼又雨过天晴。雨后青山，一碧如洗，松香阵阵，令人神往。即便是在流金铄石的酷暑，炽热的阳光从茂林的枝叶间洒向林

罕山时雨

中，使林中草木蕴涵的水分化作浓浓雾霭蒸腾而上，并在森林上空聚集不散，多而成云，云厚成雨，随风飘洒而落。隆冬，乌金山的雪也比其他地方多，而且雪花奇大，纷纷扬扬，飘飘洒洒，银装素裹，满山皆白，别有一番神韵。乌金山仿佛时时皆有细雨洒落，实乃大自然中罕见的奇观。因此，历代墨客骚人多有诗篇歌咏。如明万历年间户部尚书褚夫曾游历于此，留下了《七律·罕山时雨》一首：

灵山角立势崔嵬，叠嶂层峦次第开。

峻极北联恒岳峙，岩峣东向太行来。

岫云若得从龙岫，灵雨应知遍草莱。

四海苍生仰膏泽，好为霢霂洗尘埃。

林海日出

林海日出是乌金山的又一奇景。观林海日出的最佳地点为水晶院，此处地势较高，数万亩碧绿的松林层层叠叠尽收眼底。驻足凝望，眼前郁郁葱葱，苍苍茫茫，如立绿海孤岛。侧耳倾听，林风飒飒，松涛阵阵，啸声起伏不绝。观林海日出的最佳时间是夏秋雨后的清晨。天色微明，远山如墨，林海染黛。待到晨曦微露，四周朦朦胧胧，峡谷内缕缕雾霭翻卷飘动，真是缠峰绕翠，气象万千。此时，一抹朝霞慢慢扩展，映红了半个天际。黛色的浮云被朝霞镶上了金边，浮云在霞光里变幻，真是美不胜收。终于，太阳从墨绿的林海中露出头来，云蒸霞蔚的林海顿时染上了一层金色的光辉。太阳慢慢地升腾，那样新鲜，那样光艳，那样令人沉醉。一轮红日终于升上林梢，整个世界都沐浴在灿烂的阳光里。乌金山数万亩林海显得更加鲜活壮美。人们说在乌金山看日出，与在东海看日出有着异曲同工之妙，又不乏独特的风韵，此话真是一语中的。

明湖沉绿

明珠湖公园位于榆次涧河中游的田家湾村与左付村的交界处,是乌金山景区的有机组成部分。站在靠近明珠湖公园的山巅俯瞰,明珠湖就像一颗璀璨的绿宝石,显得那样美丽,那样多姿。有山有水才谓之"景",水使林葱郁,水使山灵秀。这一汪洁净的湖水使苍翠欲滴的乌金山更加富有魅力。碧波荡漾的明珠湖里,一座小巧的湖心岛仿佛是一座绿色的游艇在水里飘荡。走进湖心岛的小游园,里面绿树葱茏,百花竞放,环廊透迤,曲径通幽。一座别致的长桥把明珠湖南北两岸连接起来,仿佛是一条七色的彩虹卧在湖上。桥下,一片片荷花正在开放,朵朵婀娜多姿的粉荷让湖水显得更加清澈。辽阔的湖面上,微波荡漾,浮光跃金。如果泛舟湖上,船桨划破水底的蓝天,将别有一番情趣。说不定好客的鱼儿会突然跃出水面跳到你的船上,那你就不仅仅只是惊喜,而应该是无比的畅快和清朗。

明珠湖

洪山飞瀑

大洪山镇寿寺以东的一个峡谷中,有一道千年不涸的瀑布,名曰洪山瀑布,是乌金山的一大景观。大洪山瀑布宽约3米,落差约5米。平时缓缓而下,不急不躁,飘飘洒洒,声如韵乐,令人心醉。雨季到来,瀑布则飞流直下,溅玉飞珠,声如洪钟,气势磅礴。待到冬日降临,此处又是另一番绝妙的景象,飞瀑"顿失滔滔",变成了一座玲珑剔透的巨型羊脂玉雕。相传清康熙帝西巡太原,闻听榆次洪山有此景观,即慕其名专门从太安驿绕道至此,在镇寿寺停銮观赏此景,并在瀑布一侧亲栽宜男草(宜男草又名萱草,俗称金叶)以为纪念,而今此草早已连片生长,黄红相间的花朵从春开到秋,把瀑布周围装点得如锦缎一般美丽,成为一山野小品。

萱草

洪山飞瀑

七彩流砂

　　七彩流砂景观在大洪山北梁,此处有白、灰、蓝、绿、红、黄、紫七色砂岩,峰巅岩石经数千年风化,成为色彩斑斓的七彩流砂。流砂从峰巅直泻而下,并聚合而成片片砂滩。砂滩色彩艳丽,在阳光下熠熠生辉,蔚为壮观。由于这一带各色砂岩分布成条块状,互不相掺,界限分明,站在高处俯瞰,谷底仿佛是一张巨大的七彩地毯,令人赏心悦目。游人至此,无不感叹大自然鬼斧神工的

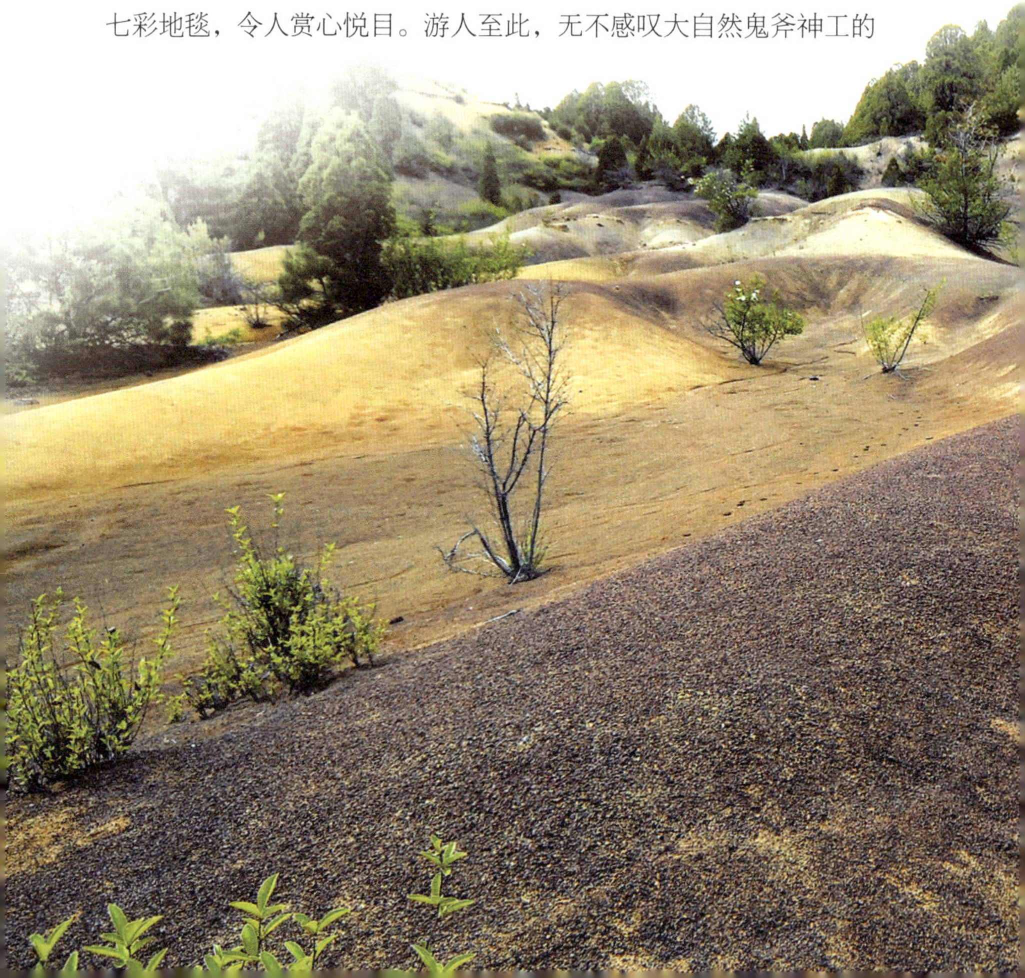

天然造化。北梁流砂不仅具有极高的观赏价值,又是制作工艺品的上好原料。不仅如此,砂中还含有多种微量元素。夏天在此砂浴,对治疗各种皮肤病和慢性病有一定的疗效。因此,北梁流砂不仅是一处景观,而且还有很高的经济价值。难怪人们说:"金砂银砂不如北梁流砂。"

七彩流砂

龙泉映月

水晶院龙泉

　　龙泉映月由水晶院白云洞前有关龙泉的故事生成。据说当年刹手和尚兴建水晶院以后,将此清泉砌石成井,以供僧人饮用,并指龙王山(即乌金山)为名,于是此井得名为"龙泉"。龙泉井刚砌成的时候,水位很高,几乎与井台齐平。每当月夜某时,一轮皎月当空映照,倒映井中,平静的水面便现出明月山树、洞檐雕龙的奇妙景象,故称为"龙泉映月"。后人将其列为乌金山古八景之一。龙为大贵之象,龙泉也就成为人们膜拜的"神泉"。世人都望子成龙,因此,人们每游水晶院,必饮龙泉水,以求生子成龙。久而久之,龙泉又被人们演绎成"送子龙泉",引得诸多善男信女到此进香祈祷,给"龙泉映月"这一景观蒙上了一层神秘的色彩,使其更加令人神往。

叠瀑飞泉

叠瀑飞泉景观位于水晶院东绝壁上。水晶院依山势而建,院东山墙下是一道绝壁。一股巨大的水流从水晶院东绝壁上涌出,经七级石阶飞流直下,逐级跳跃,起伏跌宕,气势不凡。飞瀑经水晶院东向南注入九龙湖。七级瀑布,犹如道道白练,阳光下,飞珠溅玉,熠熠生辉,七彩斑斓,十分壮观。且水流湍急,声如洪钟,在天缘谷上空回荡。待到夜深人静,峡谷回音,此起彼伏,音韵悠长。此情此景,令人悦目悦耳悦心,给千年古刹水晶院平添了几多诱人的魅力。

叠瀑飞泉

九龙湖

红叶抱湖

出水晶院向东走30米，右有九龙壁，九龙壁以南乃九龙湖，九龙湖上有风格独特的九孔桥、九曲桥和凤凰阁。站在桥上向四周望去，九龙湖碧波荡漾，蓝天倒映，如诗如画。千顷绿树中有此一汪清水，真是令人赏心悦目。"山不在高，有仙则名，水不在深，有龙则灵"，何况湖有九龙。九龙湖四周山坡上栽满了黄栌和火炬，每到暮秋，树叶经霜，变得火红火红。使人不能不想起"停车坐爱枫林晚，霜叶红于二月花"的名句。但这不是在"白云生处"，而是在九龙湖畔。眼前红树环湖，倒映清波，红绿交织，美不胜收，别有一番情趣。游人若泛舟湖上，仿佛就在画中。说不定你也会诗兴大发，也学古人吟咏两句"泛舟清波荡红云，一任情思满龙山"。

林海听涛

　　林海听涛景点位于水晶院东天缘谷中,天缘谷谷深坡陡、树高林密。山风自天缘谷口进入,顺谷蜿蜒回旋,汇成一股股强大的气流。大风沿地形复杂的天缘谷在密林中上下盘旋,左右奔突。林梢翻卷摇曳,发出阵阵声响。这响声就像大海中呼啸起伏的巨浪,遂有松涛一说。山风时大时小,涛声也就变化万千。时而雷霆万钧,时而轻若游丝。若置身其中,侧耳倾听,松涛有时如狮吼虎啸,排山倒海,势不可挡,令人胆战心惊,毛骨悚然;有时又如情侣幽会,窃窃私语,柔情万端。加之林中鸟鸣阵阵,宛转悠扬,真令人心荡神驰,浮想联翩。

林海听涛

水晶漫院

ZIRANJINGGUAN

　　水晶漫院曾是乌金山古八景之一，也是水晶院一大奇观，此奇观位于水晶院的白云洞前。相传，剁手和尚化缘建寺的时候，白云洞前乃是一片岩石坡。龙泉之水从井口溢出，便散漫在石坡上向山谷流去。当时剁手和尚正在建造水晶寺庙，工匠们开山凿石，伐木运土，来往穿梭，日夜不停。而石坡是工匠们的必经之路，上面的流水影响了这些工匠搬运石料和木材。为方便工匠行走，并保护岩上流泉四溢的景致，剁手和尚命工匠铺方砖于岩上，以为通道。结果，流水受阻，就从砖缝中溢出并漫院流淌，阳光下，犹如千万颗水晶珠满院滚动，蔚为壮观。剁手和尚见状豪兴大发，遂将此景命名为水晶漫院，并嘱咐工匠人等不得损毁，于是，水晶院又添一景。待到剁手和尚圆寂以后，随着寺院多次修葺，院内砖缝被泥土淤塞，流水不再外溢。但人脚踏其上，砖缝中仍有泉水溢出。直到清宣统年间重修水晶院，地面抬高，水晶漫院景致始告消失。

玉皇高阁

玉皇高阁原指水晶院之玉皇阁景观。原玉皇阁建于水晶院以北的山顶上，游人若想登临玉皇阁拜见玉皇大帝，必先爬三十三级台阶，故有"三十三天朝玉帝"之说。玉皇阁为水晶院的制高点，站在水晶院仰望，玉皇阁背负蓝天白云，而为苍松翠柏所环抱，有仙山耸峙之感。如若登阁远眺，其北，层峦叠嶂，林木接天，松涛滚滚，绿满乾坤；其东，深涧幽谷，蜿蜒如虹，绿波荡漾，气势不凡；其南，水晶院殿阁参差，曲径通幽，游人如织，熙来攘往。特殊的地理位置使玉皇阁成为登高远眺的好去处。现在，落架重修的玉皇阁纳入道教寺院龙王庙寺庙群，在原玉皇阁原址上，修建了与佛教寺院水晶院一体的藏经楼。登上藏经楼，乌金山美丽的景致同样一览无余。

藏经楼

藏狮古洞

　　藏狮古洞位于乌金山水晶院西山壁下,为一天然石洞。传说乌金山为五台山下院,水晶院为文殊菩萨讲经的道场。文殊菩萨往来于五台山与乌金山之间,常以雄狮代步。文殊菩萨讲经,自然听者甚众。为安全起见,他来乌金山讲经之时,便要为自己的坐骑——凶猛的狮子找一个关藏的地方,以防其伤害人。恰巧水晶院西面的山根下有一个天然石洞,这里非常安全,于是文殊菩萨每逢来乌金山讲经,便把雄狮藏于石洞中。后人便将此洞称为藏狮洞,遂成为乌金山一景。

藏狮古洞

青羊指路

大洪山镇寿寺附近的山林中有一座酷似绵羊的高大石笋，这座羊形石笋还有一个真实的故事呢！明正统十二年（1447年）重修大洪山镇寿寺碑记中说，当时镇寿寺已毁坏多年，有一个名叫韩普永的人一心向佛，想重修镇寿寺。他多方打听，认真查勘，终于在地下一丈有余的地方找到了镇寿寺的遗址，于是他开始重修镇寿寺。他先修了正殿三间，并对内殿进行了彩绘，使整个殿宇焕然一新。有一天他累了，就坐在一个地方打了一个盹儿。恍惚间好像有一只羊拍着他的背说："你辛苦了！"韩普永问："你从哪里来？"羊回答说："大洪山镇寿寺。"韩普永又问："你来做什么？"羊说："专程与君相会！你做了一件功德无量的好事，你的佛缘不浅呐！"说完羊拍了韩普永的头顶一下，韩普永就迷迷糊糊地醒来了。他揉一揉眼睛，忽然看见一只羊从树梢上飞到离镇寿寺不远的山林里倏然而逝。韩普永定睛一看，原来那羊化作一块石头，这就是那座羊形石笋。韩普永一时间恍然大悟，原来是青羊为他指点迷津。于是，他就下定决心皈依佛门，剃度出了家，并求高僧赐法号为"果廉"。自此，他一生都在镇寿寺事佛，做了许多善事，直到百岁，无疾而终。

紫气陨石

　　紫气陨石在乌金山水晶院东天缘谷中。石长约7米，宽约6米，高约2.5米，相传系女娲补天所余之石。该石表面呈黑紫色，坚硬如铁，虽逾万年而不朽。石上苔藓斑驳，青翠欲滴。每当下雨，石上便不时荡起缕缕紫雾，形成紫气陨石的奇特景观。紫气陨石也称"智慧石"，因石上有清乾隆甲戌年江南名士秦雄宝所书"大慧石"三字，故人们也称此石为"大慧石"。相传当年掌管智慧的文殊大士云游天下，发现江南人聪明善辩，而北方人豪爽好友，即对北方人心生偏爱。他同时发现江南人之所以聪明，是因为那里有"智慧泉"与"智慧石"。人们只要喝一口智慧泉的水，或在智慧石上坐一坐，就能变得聪明起来，而北方却没有。于是，文殊大士就从南方把这块女娲补天所遗之石运到北方，并将其置于他讲经的乌金山水晶院东的山谷中。至今游客到此，都要在大慧石上坐一坐，以期变得更加聪明。

羊形石笋

巨石脚印

巨石脚印位于乌金山以北的馒头山后山上，脚印为自然形成，轮廓清晰，硕大无比。其长6.5米，宽1.18米，高出地面0.4米。巨石脚印造型与鞋底酷似，表面纹痕与旧时布鞋底纹无二，四周由风化岩砂培拥，甚是奇妙。传说这个脚印为二郎神担着两座山由和顺方向向西追赶太阳，走到乌金山时不慎在山坡上踩了一脚，故留下了这个脚印。虽经万年沧桑巨变，脚印周围的岩石逐渐风化成砂，并慢慢被风吹走。但这个脚印却依然清晰可辨，且由凹陷变为凸起。附近村庄"鞋底岭"即由此脚印而得名。"鞋"当地方言发音为"hai"，与"海"谐音，如今人们叫该村为"海底岭"。

巨石脚印

鳄鱼吞珠

　　鳄鱼吞珠乃一山体象形景观,位于孟良山(亦称佛移山)之北的鳄鱼山。站在现林场办公楼西南的山梁上西望便可窥到全貌。鳄鱼山形状酷似一条鳄鱼,其首西尾东,与山梁融为一体,形态逼真,栩栩如生。相传文殊菩萨遵如来之命为济世救民,曾埋地灵珠于孟良山之阳。据说地灵珠乃采天地灵气而成,所埋之处,方圆百里受益,日后此地必出人杰。后来距此十里的左付村果然出了一代帝王刘知远和湖北提督张彪,这是否与文殊菩萨将地灵珠埋藏于此地有关,不得而知。只说修炼千年的鳄鱼精得知消息,便前来寻找,妄图吞珠以修成人形并位列仙班。文殊菩萨闻之,即飞塔镇珠。鳄鱼几经奋力吞吸,但地灵珠终因有宝塔护佑,鳄鱼不能得逞,最终体力耗尽,徒劳无功,死于山顶,化作一山,人称"鳄鱼山",从而形成鳄鱼吞珠奇观。

吐沫成池

"吐沫成池"的"池"是指水晶院东天缘谷中的黑龙池,相传此池为黑龙吐沫而成。据说很久很久以前,掌管水火的黑白二龙因为布雨侵犯辖界,便在乌金山上空争斗。顿时天昏地暗,电闪雷鸣,狂风大作,飞沙走石,二龙就此展开一场惊心动魄的酣战。但仁慈的黑龙不忍手足相残,便且战且退,不慎被白龙击伤而跌落于乌金山山谷中,随而吐沫成池。后来乡民感念黑龙行云布雨的恩

黑龙庙

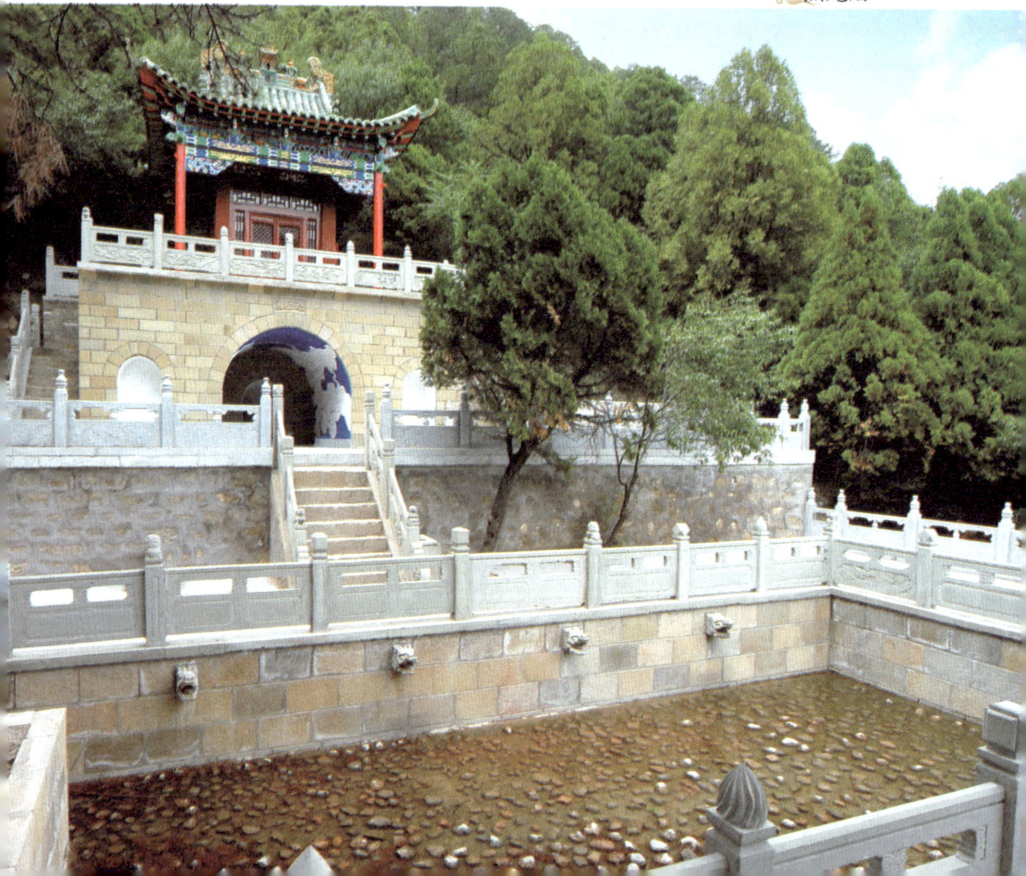

饮狮神泉

泽，便在临近黑龙池的山坡上建黑龙庙以作供奉，至今香火不断。每每天旱，乡民多聚于黑龙庙祈雨，据说十分灵验，不知是真是假，但不必深究。奇妙的是黑龙池水至今四季不涸不冰，令人匪夷所思。

饮狮神泉

饮狮泉位于水晶院藏狮洞一侧的东北角处，此处巨石高耸，一股清泉从石缝中汩汩流出，相传此处为文殊菩萨的坐骑神狮饮水的地方。此泉藏于一山洞中，四季涌流，不溢不竭。水晶院数十僧众常年饮用此水，随用随生，取之不尽。而且甘洌无比，并能祛病消

灾。长期饮用此泉的僧众个个身强力壮，无病无灾，所以此泉又被人们称作"神泉"。当地民众得知，纷纷扶老携幼前来拜求此泉之水，带回家去医治病痛。于是饮狮神泉名声远播，四周州县的老百姓也不惜长途跋涉，前来拜求神水。尽管如此，饮狮泉仍然不枯不竭，随用随生。近年，有关部门的专家对该泉进行了化验鉴定，证明饮狮泉水中含有多种对人体有益的矿物质，且含量极为丰富。所以，游客至此，总要喝一杯饮狮泉甘洌的泉水，这就不足为奇了。

悬崖奇音

悬崖奇音景点位于乌金山北、东沟村东200米处的驴角大仙摩崖造像处。据传，悬崖下曾经有一个岩洞，不知哪个年代，一个戏班路过悬崖，恰逢大雨，全班人马即躲入崖下的岩洞里避雨。但阴云密布，雷电交加，半日不停。戏班的人等得不耐烦，便操起锣鼓家什敲打起来解闷，有的人还引吭高歌，煞是热闹。正当他们闹得起劲，突然一道闪电，紧接着一声炸雷，不想崖洞随着雷声轰然坍塌，

悬崖奇音

把戏班人马皆埋于洞中,而无一人生还。传说从此以后,这里每逢雷电交加,大雨滂沱,就能听到悬崖处锣鼓阵阵,笙箫齐鸣,还能听到有人吟唱,让人惊骇不已。据说在宋朝时候,村人为安抚戏班的冤魂,曾经捐资镌刻驴角大仙像于崖上,以震慑此洞。但每逢下大雨,这里依稀仍有鼓乐声发出,实为罕见。用现代科学解释,这可能是一种电磁现象。

石坎容杯

在距水晶院东五里处的大洪山山坳里,有一座寺庙,名曰"镇寿寺"。在镇寿寺西北不远的山巅上有一处奇特的自然景观,名曰"石坎大瑾容杯",即在岩石上自然形成一个凹洞。此凹洞直径约30厘米,深约35厘米,形如海碗。杯内常年蓄有过半清水,清澈见底,经年不涸。杯中之水从何而来,众说纷纭,不得要领。即便隆冬腊月,杯内泉水也不结冰,实为罕见。此处四周苍松翠柏,遮天蔽日,空气湿润,清新异常。人们说石坎大瑾容杯里的水乃树凝甘露,滴聚而成。镇寿寺的断壁残垣,再加上石坎大瑾容杯里的一汪清水,这里的确是一个探幽访古的好地方。

骆驼出山

乌金山秋水沟内有一个自然景观,名曰"骆驼出山"。远远望去,那座山仿佛是一头骆驼刚刚走出山洞的样子。骆驼的前半个身子包括驼峰在山洞的外面,后半身好像还没有走出山洞。这里面还有个传说呢。原来秋水沟东的岩壁上曾经有一个山洞,传说文殊菩萨把敦煌三危山一个石窟里的佛经全部移到这里珍藏,并命一只山豹在此守候。谁知这只山豹有个毛病,就是贪吃,只要吃饱就睡大觉。有一个来乌金山水晶院听文殊菩萨讲经的沙陀僧人听说了这个藏经洞,就生出了把洞中佛经运到沙陀大漠建寺的想法。于是他就偷偷地从集市上购得一匹骆驼,并买了一只肥猪。他把肥猪喂了山

骆驼出山

豹，山豹吃饱喝足，就爬到树上睡着了。那沙陀僧人就设法打开洞门，将骆驼牵进去，把洞里的一些经卷装在两个箱子里，准备运出洞去。但他牵着骆驼刚刚走出洞口，就感觉骆驼拉不动了。沙陀僧人回头一看，原来骆驼的后半身无缘无故被卡在了洞口怎么也出不来。沙陀僧人顿觉事情不妙，即刻放弃骆驼逃之夭夭。原来这时文殊菩萨正在道场讲经，突然心血来潮，于是掐指一算，已知端倪，他便施佛法定住骆驼。对那个沙陀僧人，文殊菩萨念他是为了建寺而偷窃经卷，情有可原，就有意放走了他。可怜那匹驮着经卷的骆驼却只能永远被卡在洞口，久而久之就化成了一座山，人们称这座酷似骆驼的景致叫"骆驼出山"。

九莲神灯

在中林山和合寺内有一大石，石上有九个石凹，大如海碗。凹内清水长注，大旱不涸，这一景观名曰"九莲神灯"。和合寺位于乌金山西南侧中林山主峰，供和合二仙，这里自然风光也十分秀美。据传，和合寺中大石上九个石凹里的水中，每到夜深人静均会出现一盏莲灯，莲灯红光四射，照得寺院通亮。九个仙女分别从九个石凹的莲灯中跳出，轻舒广袖，翩翩起舞，美不胜收。半个时辰后，又纷纷跳回莲灯之中，随即莲灯慢慢熄灭，九个石凹里清水依旧。这个美丽的传说至今仍挂在人们的嘴上。传说或不可信，但和合寺里大石上九个石凹却不是虚传，石凹中长年清水长注也不是妄说。

山花烂漫

在乌金山海拔1000米以下的山坡上，华北地区所有的山野花卉几乎都能在这里看到。这些花卉都处于原始混交而生的自然状态，没有一丝人工培植的痕迹。各类花卉竞相开放，色彩斑斓，浑然天成，令人沉醉。仿佛是护花仙子对乌金山情有独钟，有意将天下所有的奇花异草都撒在这里，使这里成为一个万紫千红的奇妙世界。这种迷人的景象随着季节的变换而常新。春天，这里的山桃花山杏

花漫山遍野,如云如虹;金色的刺玫像给桃杏花铺上了一层高贵的地毯;色彩艳丽的樱花、连翘、丁香、杜鹃、野菊……星星点点,点缀其间,在碧绿的野草衬托下显得格外耀眼。到了秋天,金黄的栌丛、鲜红的火炬、橘红的沙棘相互映衬,绕梁环冈,绵延不绝,构成一道道魔幻般的醉人风景。置身于百花丛中,只觉得神清气爽,倦怠顿消,真个是宠辱皆忘,流连忘返。

山花烂漫

玉带云雾

玉带云雾是乌金山的古八景之一,这是在北方山区难得一见的奇观。每当雨后初晴,站在九峰塔向四周远眺,乌金山茂密的森林上空便会出现蒸腾的雾霭,那雾霭犹如大海的滚滚波涛,景象非常壮观。如果站在天台峰向南眺望,则又是一番情景。蒸腾的雾霭顺着条条山谷缓缓流动,仿佛是一条条飘动的玉带。如逢艳阳高照,霞光四射,万顷林海,紫雾缭绕,便会让人突然想起毛泽东的著名诗句:"赤橙黄绿青蓝紫,谁持彩练当空舞?雨后复斜阳,关山阵阵苍。"诗情画意,就在眼前。

玉带云雾

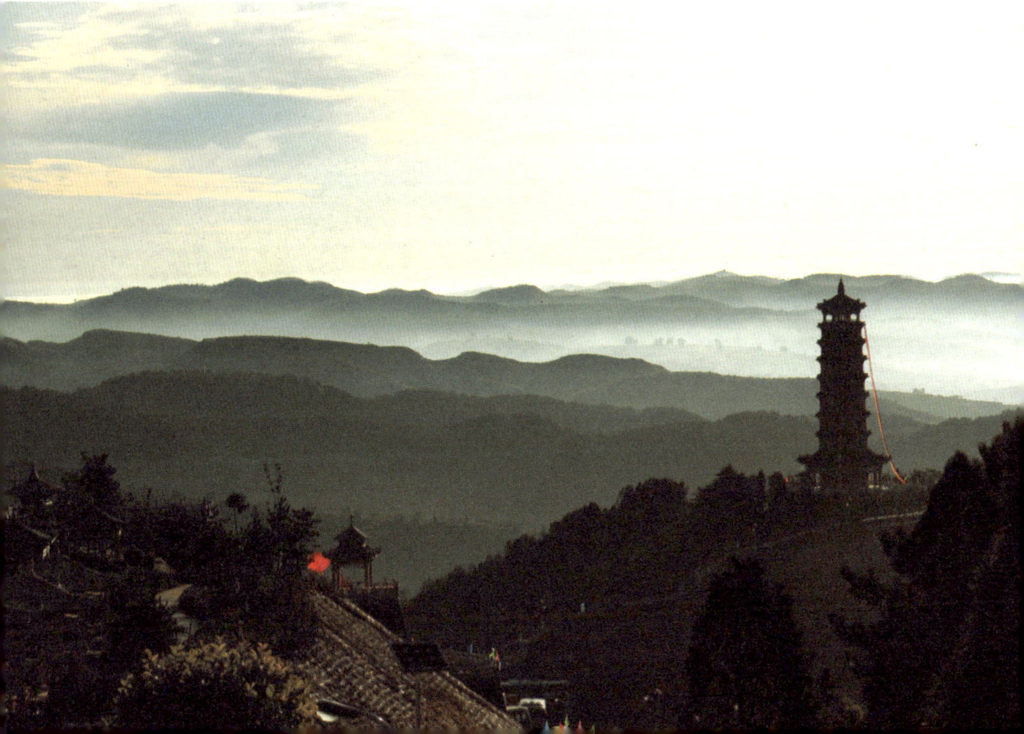

第二章 人文景观

乌金山不仅有丰富的自然景致，而且还有数不尽的人文景观。由于乌金山山高林密，气候宜人，风景秀美，静谧清幽，历朝历代多有僧侣入山修行，更有文人墨客、达官显贵前来观瞻，因此便留下了许多人文遗迹。这里是佛教圣地五台山的下院，曾被称为文殊菩萨讲经的道场，于是便形成了以寺庙群落为主的诸多景观。许多寺庙群都依山而建，金碧辉煌，气势恢宏。这些寺庙群大都分布在千顷碧绿的林海中。远远望去，就像茫茫绿海中时隐时现的海市蜃楼，显得缥缈奇幻而又雄伟壮观。

水晶院

水晶院又称水晶寺，是乌金山国家森林公园里历史最悠久的一座佛教寺院，始建于隋末，后经历代多次修葺扩展，明清时期达到顶峰，成为山西著名的佛教寺院，原文殊殿的廊柱上曾刻有"大明成化九年重建"字样。水晶院寺庙群位于乌金山主峰东侧，是从五台山来的一位云游和尚剁手以明志，靠化缘修建而成。相传，五台山的一个云游和尚来到乌金山，看到这里林木葱茏，云蒸霞蔚，紫气东来，是块风水宝地，就决计在这里化缘建寺以修行。一天，和尚来到邻县的一个大户人家化缘，他向主人说明来意。恰好这家主

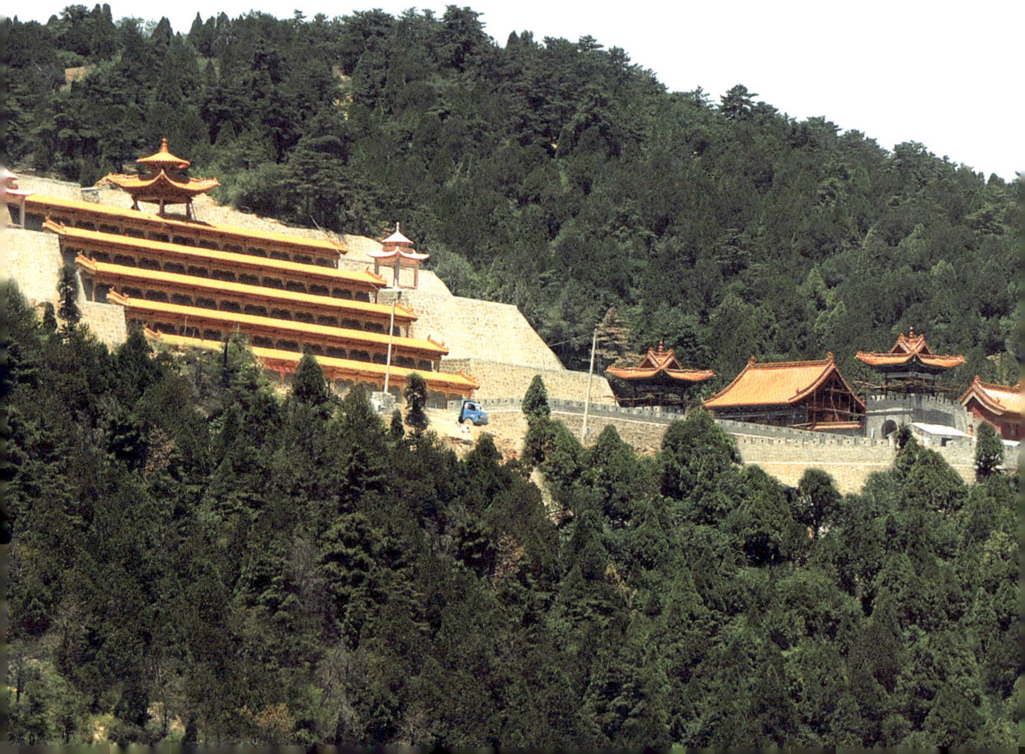

人是个一心向善的人，就允诺出资千两，以成全和尚修建寺庙的宏愿。但他的管家怀疑其中有诈，问和尚有何证据表明化缘是为了修建寺院？和尚一时拿不出证据。情急之间，他看见院内靠墙放着一把砍柴用的刀，就走上前去拿起那把刀，在人们猝不及防的瞬间，毅然举刀断指，以表心志。管家一见此景，顿感羞愧难当。东家感其诚，急忙请郎中为其疗伤，并决定再资助千两。待和尚痊愈，管家亲自驾车将两千两白银护送到乌金山，并与和尚一起监工建造了著名的水晶院佛寺。剁手和尚的故事也一直流传至今。寺院内有一水井，井水外溢，取之不尽，遂漫于院中。青砖覆水，晶莹剔透，熠熠生辉，形如水晶，故称此庙为"水晶院"。

2007年9月，水晶院落架重建，现已修复的水晶院寺庙群占地面积约3300平方米，建筑面积783平方米，为中轴对称三进结构。主要建筑由南向北为：山门、钟鼓楼、大文殊殿、伽蓝殿、大雄宝殿、藏经楼等。

水晶院依山势而叠建，构筑巧妙而宏伟。

水晶院外景

清善大师塑像

水晶院东侧崖壁下为海窨院，共有石券窑洞12间，是乌金山周边七村议事的去处，也是历代榆次县令在公务之余来此小憩的地方。海窨院为石窟式建筑，冬暖夏凉。榆次、太原及周边各县之文人墨客、官宦士绅到乌金山避暑也多下榻此处。许多外籍游人及传教士也曾在此停留。光绪年间，山西大学创始人之一的英国传教士敦崇礼就曾在这里避暑养病。根据他的遗愿，去世后安葬在乌金山的送神坪上。

进水晶院先经山门殿。山门殿左右有钟鼓二楼，殿内正中供奉弥勒佛，背面供奉韦陀菩萨，两侧塑有四大天王神像。

跨过山门，就进入水晶院的主院。正对山门的是大文殊殿。大文殊殿正面塑狮子文殊像，左右两侧之"孺童文殊""无垢文殊""聪明文殊""智慧文殊"是文殊菩萨的四种法身。

大文殊殿后面为大雄宝殿。

在佛教寺院中,大雄宝殿为正殿,是整个寺院的核心建筑,也是僧众朝暮集中修持的地方。大雄宝殿之"大雄"是佛的德号,"大"者,包含万有之意,"雄"者,是降服妖魔的意思。

乌金山水晶院大雄宝殿中央供奉毗卢遮那佛,左面供奉东方阿閦佛与南方保生佛,右面供奉西方阿弥陀佛与北方不空成就佛。两侧供奉普贤菩萨、文殊菩萨、观音菩萨与地藏王菩萨。

大雄宝殿前有龙泉井,即"龙泉映月"景点。龙泉之水向东流入水晶院东山墙并顺绝壁倾泻而下,形成"叠瀑飞泉"景观。

水晶院藏经楼依山势建在山巅,到藏经楼必须先登上六十六级高高的石阶。藏经楼又称藏经阁,是全寺最高的建筑,以收藏佛经为主。

水晶院山门

龙王庙

龙王庙寺庙群位于水晶院西南的四角坪，与九峰塔遥相呼应，是乌金山国家森林公园内规模最大的一处寺院，同时也是佛教与道教兼容、和谐共处的典范。龙王庙始建于明代中后期，后历经变迁，屡有兴废。2007年9月，龙王庙与水晶院同时开工恢复重建。修复后的龙王庙寺庙群占地面积9200平方米，其布局结构为中轴对称三进院格局。由南向北主要建筑依次为：一进院，山门、戏台、东西腋门、钟鼓楼、五爷殿；二进院，龙王殿；三进院，凌霄宝殿、两侧配殿东为关圣殿，西为吕祖殿。龙王庙东西两侧各配有24间厢房，46间长廊，总建筑面积2820平方米。

龙王庙内清幽雅静，花木葱茏，绿树成荫，环廊通幽。从山门进入，迎面的建筑为五爷殿。五爷殿里供奉的是五爷神。传说很久以前，乌金山并非清凉胜境，而是酷热难当，当地百姓深受其苦。专为人间排忧解难的大智文殊菩萨便从东海龙王那里借来一块清凉石，放置在乌金山上，从此乌金山变得清凉宜人，成为远近闻名的

避暑胜地。而这块清凉宝石原本是东海龙王的五儿子播云布雨劳作一番回来以后祛暑纳凉之物，当他得知清凉石被文殊菩萨带到乌金山时，便找上门来向文殊讨要。但文殊菩萨毕竟法力无边，很快就降服了五龙子，并让他住在乌金山顶，专司耕云播雨。自此，乌金山一带年年风调雨顺，百姓安居乐业。人们感戴五龙子为乌金山造福，便为他修庙塑身，加以供奉，并尊称五龙子为五爷，这就是五爷殿的来历。此外，五爷殿还供奉有福、禄、寿、禧四位神祇。

穿过五爷殿，后面是龙王殿，殿内供奉有老龙王和四海龙王，中间端坐者为老龙王。老龙王身着绿龙袍，头戴九梁冠，脚踏赤靴，手持护板，高高端坐。两侧分别是东海龙王敖广、南海龙王敖钦、北海龙王敖顺、西海龙王敖闰。东西两侧塑龙生九子像，墙壁上彩绘有巡海夜叉与龟丞相等水族人物和故事。

因为龙王掌管行云布雨，与老百姓的生计息息相关，所以，龙王是民间普遍信奉的神仙。

龙王庙外景

龙王殿后面为凌霄宝殿。

凌霄宝殿气势恢宏,飞檐斗拱,金碧辉煌,和五爷殿、龙王殿浑然一体,构成乌金山诸多寺庙中规模最大的寺庙群。

凌霄宝殿正中供奉玉皇大帝,左右为太白金星与太乙真人,周边悬塑有民间所有神祇的造像。

凌霄宝殿东建有关圣殿,里面供奉"关帝"。关帝为道教俗神,又称关公、关圣帝君,原为三国蜀汉刘备的武将。传说关羽死后,头葬河南洛阳,身葬湖北当阳,人感其德义,岁时奉祀。宋崇宁元年(1102年)追封"忠惠公",后封"义勇武安王"。明初祀为"关壮缪公",与岳飞同祀武庙,各地称关岳庙。万历三十三年(1605年)封"三界伏魔大帝神威远震天尊关圣帝君"。清康熙五年(1666年)敕封为"忠义神武灵祐仁勇威显关圣大帝"。

凌霄宝殿西建有吕祖殿,里面供奉吕祖吕洞宾。吕洞宾是八仙中影响最大、传说故事最多的一个神仙。他的身份非同一般,而被道教全真派奉为北五祖之一,通称为"吕祖"。

站在高高的玉皇顶,真有君临天下之感。放眼远眺,千顷林海,尽收眼底,山岚蒸腾,茂林葱茏,令人飘飘欲仙,不能自已。垂目俯瞰,大千世界,历历在目,芸芸众生,熙来攘往,人生奥秘,一览无余。

太清宫外景

太清宫

　　太清宫是乌金山国家森林公园内风景最美的一处道教寺院,原为宋代建筑。相传,宋代全真教掌门人王重阳曾路过乌金山,见此处山势俊秀,林木繁茂,实为道家修身养性的好去处。他有心在此开辟道场,但当年战乱纷起,教内见解不同,他才迫于政治压力,将道场设在了北京西山的白云观。但为了日后有个退身之处,他还是让门徒在乌金山修筑了太清宫。

　　现在的太清宫是在原址上重新修建的一处道教寺庙群。太清宫四周山高谷深,松柏环抱,古木参天,十分幽静。

　　新建的太清宫总占地面积3267.7平方米,建筑面积530平方米。

太清宫位于水晶院东北的大青山顶,依山势而建,自南向北为:山门、钟鼓楼、东西厢房、真武大殿、三清殿等。

进入山门,两尊力士立列两厢,他们就是著名的哼哈二将。这两位威武雄壮的神将狮鼻阔口,环眼横眉,手持法器,怒目而视,镇妖辟邪,尽职尽责,绝对不会给鬼祟留一丝一毫的情面。

跨过山门就是真武大殿,殿内供奉着真武大帝。真武大帝又称"玄天大帝"或"佑圣真君玄天大帝",为道教神仙中赫赫有名的玉京尊神。道经中称他为"镇天真武灵应佑圣帝君",简称"真武帝君"。民间也称其为"荡魔天尊""报恩师祖""披发师祖"等等。

真武大帝两旁有龟蛇二将、金童玉女和青龙白虎侍奉。传说龟蛇二将是由真武大帝的腑脏幻化而成。当年,真武大帝修行的时候不食五谷,把肠胃饿得很不高兴,就在他的肚子里闹起了脾气,直把真武大帝闹得心烦意乱。一怒之下,他便将自己肚子里的肠胃掏出来扔在脚下。后来真武大帝修炼成仙,被他扔在地上的肠胃也沾了灵气,于是,其胃幻化成龟,其肠幻化成蛇,成为真武大帝身边的两个爱将。

真武大殿内壁彩绘有二十八宿。二十八宿又称"二十八星"或"二十八舍"。"宿"的意思和黄道十二宫的"宫"类似,表示日月五行在天上所处的位置。

真武大殿后为三清殿,三清殿分上下两层,上层供元始天尊、灵宝天尊、道德天尊三位尊神。"三清"指三位尊神所居的玉清、上清、太清三个最高仙境,也指居于三清仙境的三位尊神,即玉清元始天尊、上清灵宝天尊、太清道德天尊。

其中,"玉清元始天尊"在"三清"之中位为最尊,也是道教神仙中的第一位尊神。是道教开天辟地之神,为上古盘古氏尊谓,也称"原始天王"。元始天尊生于混沌之前,太无之先,元气之始,故名"元始"。

其次是灵宝天尊。他是道教最高神灵"三清"尊神之一,原称"上清高圣太上玉晨元皇大道君"。齐梁高道陶弘景编定的《真灵位业图》列其在第二神阶之中位,仅次于第一神阶之元始天尊。唐代时曾称为"太上大道君",宋代起才称为"灵宝天尊"。

四御大帝

第三是太上老君，即道教天神、教主，为"三清"之第三位，又称"道德天尊""混元老君""降生天尊""太清大帝"等。在道教宫观"三清殿"，其塑像居右位，手执扇子。相传其原形为老子。

三清殿下层供奉"四御"，四御为道教天界尊神中辅佐"三清"的四位神仙，所以又称"四辅"。他们的全称是：承天效法后土皇地祇、中天紫微北极大帝、南极长生大帝、勾陈上宫天皇大帝。三清是宇宙万物的创造者，四御是统帅万物的万神者。

太清宫是乌金山环境最为僻静优雅的一处寺庙群，金碧辉煌的殿宇楼阁掩映在万绿丛中。游人至此，仿佛踏入仙境，一时间凡尘为之一洗，精神为之一振，而顿感飘飘然与众仙一起悟道。"道可道，非常道；名可名，非常名。"是也？非也？

弥勒大佛台

弥勒大佛台指乌金山修复的佛教景观，位于九峰塔以南1000米处的龟背山顶。乌金山弥勒大佛由汉白玉雕琢而成，高9.9米。他袒腹舒臂，仪态悠闲，乐呵呵坐在大佛台上，笑看人间万千情态。弥勒大佛台基座为三层，高5米，第三层为须弥座，前面浮雕为二十诸仙图，西面为十八罗汉，东面为十二圆觉，北面为十大明王，四角为四大金刚。该佛台从地面到佛顶高14.9米。

弥勒大佛台

弥勒大佛形象为中国传统大肚弥勒像。所雕的弥勒佛像倚坐于高台上,光头现比丘相,双耳垂肩,满面笑容,笑口大张,身穿袈裟,袒胸露腹,乐呵呵地看着前来游玩进香的人们。人们见此像,往往受他那坦荡的笑容感染而忘却自身的烦恼。很多寺院的弥勒殿还有这样一副对联:"大肚能容,容天下难容之事;开口便笑,笑世间可笑之人。"它既是对弥勒佛宽宏大量、乐观豁达形象的描述,也表达了中国人对待生活的态度。仰望大佛,除了一份虔诚的祈祷,更能寻求到一种快乐,一种洒脱,一种释然,弥勒大佛会给您留下最美好、最难忘的回忆。

据佛经记载，弥勒佛原是印度婆罗的贵族，后为佛家弟子，释迦牟尼预言其日后必为自己接班人，是"未来佛"。现在的大肚笑弥勒造型在佛经中是没有的。传说中国五代十国后梁时，明州奉化（今浙江奉化）矮胖和尚契比长相奇特，肚大无比，举止疯癫，常背一个百物俱全的大布袋，时人称"布袋和尚"，他临终时留下一偈语："弥勒真弥勒，分身百千亿，时时识世人，世人总不识。"据此而认定他是佛祖在世时旁听佛法的"弥勒佛"，于是，在中国民间逐渐演变为我国寺庙常见的"大肚弥勒"佛形象。"布袋和尚"弥勒是中国传统文化与外来文化相结合的一个生动创造，他那乐呵呵的形象，给人开朗、坦荡、乐观的情绪感染，而那只布袋则更令世人浮想联翩。后人称赞说："行也布袋，坐也布袋，放下布袋，何其痛快！"布袋所装唯"名利"二字，放下布袋就是人生最高的境界。

游人至此，面对笑呵呵的弥勒大佛，会顿悟许多人生的哲理。

罗汉阁

出乌金山水晶院山门西侧，依托山壁建有罗汉阁。阁为卷棚出廊结构，分五层，山墙上刻有《金刚经》，一、二、三、四、五层以浮雕形式列五百罗汉群像。阁顶建有观音亭，取五百罗汉朝观音之意。

第二章 人文景观

观音菩萨塑像

罗汉即阿罗汉的简称，最早从印度传入我国。罗汉的形象一般都是出家比丘相，头部无须发，身着袈裟，全身无任何装饰，或坐或立，栩栩如生，是佛教各类造像艺术中最为朴实无华的一种。

五百并非确数，印度古代惯用"五百""八万四千"等来形容众多，和我国古人用"三"或"九"来表示多数很相像。五百比丘、五百弟子、五百阿罗汉，在佛教经典中是常见的，但并不意味着是固定的数字。五百罗汉是指跟随佛祖听法传道的众多弟子，五百罗汉是从历史上的十六罗汉演变而来的。佛教认为，罗汉是一个人修行功夫的果位。在小乘佛教中，罗汉等级最高；而在大乘佛教中，至高无上的是佛，然后是菩萨，再次是罗汉。大乘佛教认为，阿罗汉的果位次于菩萨，为协助佛和菩萨普救世人，所以多多益善，遂有五百罗

汉之称。

尽管在大乘佛教中罗汉的地位较低，但罗汉在中国人心目中却有着特殊的地位。人们认为他们是吉祥与力量的象征，因此，罗汉在中国早已是家喻户晓。实际上罗汉的果位也是几千年来儒家提倡的以慈善为本，讲究忠恕之道的一种体现。《西游记》里唐僧的原型玄奘也是五百罗汉之一。

罗汉阁顶上建有一座游园，游园里建有观音台，台上供奉的是水月观音。水月观音为汉白玉造像，高6.6米。一般认为画成或者塑成正在观看水中月影的观音形象就称作"水月观音"。

　　佛经中说观音菩萨有33个不同形象的法身，水月观音是其中的一个。水月观音又称"水吉祥观音"或"水吉祥菩萨"。其形象有多种，有一种是站在莲瓣上，莲瓣漂浮在海面上，观音正在观看水

罗汉阁

中之月。

游园里观音台旁建有水池，水池里清波荡漾，每逢月夜，一轮皎月倒映池中，观音凝目于水中之月，恰到好处地烘托了水月观音的形象。

乌金山罗汉亭供奉五百罗汉，浮雕中的罗汉形态各异，栩栩如生。站在罗汉阁前，你会被众多罗汉的质朴无华和正直无邪所感染，他们仿佛是一面面镜子，映照着人世间的种种邪恶与不平。人们如果能从这些疾恶如仇的罗汉形象里汲取些许正义的力量，那就再好不过了！

神坛

神 坛

　　神坛位于乌金山景区的最高点上，海拔1489.2米，为祭祀天地之神及祈求五谷丰收百姓安居乐业之地。神坛于2010年1月开工建设，2012年农历三月初三举行开光法会，总占地面积1000平方米，整体为木质结构，分神坛与地宫两层。神坛内中央供奉斗姆星君，周边悬塑十二生肖造像和六十元辰造像。地宫主要供奉老子及各行各业祖师，神坛外围石步道上刻有二十四节气图。二十四节气是中国古代用来指导农事的补充历法，形成于春秋战国时期。由于中国

农历是阴阳合历,即根据太阳和月亮的运行制定,因此不能完全反映太阳的运行周期。但中国是一个农业社会,农事完全根据太阳运行进行,所以需要严格了解太阳的运行状况。这样,劳动人民从农业生产的实践中总结出了能反映季节变化的二十四节气,以指导农事活动。

神坛

神坛中央塑有斗姆星君造像,围绕斗姆星君周围的十二根大柱上悬塑了十二生肖造像,最外围一圈塑六十元辰造像。地面中央以汉白玉雕刻有龙凤。神坛上方架有大梁以及斗拱,何为斗拱?方形木块叫斗,弓形木块叫拱,斜置木块叫昂,总称斗拱。斗拱的大小与出挑的层数有关,层数越多等级越高。正中为藻井,含有五行以水克火、预防火灾之意。

地宫

地宫正中供奉道家始祖老子。老子原名李耳,字伯阳,谥号聃,楚国厉乡曲仁里(今河南省鹿邑县太清宫镇)人。曾做过周朝"守藏室之官",是我国伟大的思想家、哲学家,被道家尊为教主。老子的思想主张无为,以道"解释宇宙万物的演变",道"为客观自然规律",以为"道生一,一生二,二生三,三生万物",道乃万物之本。据说老子是由无上元君化作玄妙之女,吸收天地精华,怀胎九九八十一年所生。生下来就是一白眉白须的老者,因此称他为老子。又因他生在一棵李树下,他生下来便拍着李树说我要以此为姓,因此老子便姓李。

老子所作《道德经》刻在他的塑像四周的柱子上。《道德经》共有九九八十一章，分为道篇和德篇。第一章到第三十七章是道篇，第三十八章到八十一章是德篇。

围绕老子造像分两层供奉的是百业祖师的塑像，自古以来，各行各业都有供奉祖师爷的风俗习惯，视其为本行业的保护神。祖师爷大多是有名望的人，曾直接或间接地开创、扶持过本行业发展，如商业祖师爷是范蠡、造纸业祖师爷是蔡伦、木工祖师爷是鲁班、酿酒业祖师爷是杜康等等，这些塑像栩栩如生，个性特征鲜明。

九龙壁

九龙壁是影壁的一种，即建筑大门外以作屏障的墙壁，门内为隐，门外为避，九龙壁是帝王专属的建筑陪衬，在历史的演变过程中成了一种大型景观设施。我国著名的三大九龙壁有故宫的九龙壁、北海公园的九龙壁、大同明王府的九龙壁，而乌金山的这座九龙壁集以上三座九龙壁之精华，并大胆创新为双面九龙壁。

乌金山九龙壁位于水晶院东侧，九龙湖北侧，九峰塔西侧。高7.5米，厚约1.5米，长20米，这座九龙壁顶部为黄色的琉璃庑殿顶，由仿木的斗拱层层堆砌。九龙壁的顶部雕有二龙戏珠，中间正反面各有九条龙一字排开。正面为九条飞龙，背面为九条团龙，九龙的中间一条为黄色，左右两边的四组龙两两相对，遥相呼应，每条龙均形态各异，好像在云间翻腾滚动，形象十分生动。每条龙之间都

九龙壁

由江河湖泊来填充,使整个画面更加完美、灵动。在五行学中,单数为阳,偶数为阴,九为阳之极,体现了旺盛向上的精神;五为阳之中,体现了儒家思想以中为尊的中庸思想,九五为天子之尊的重要体现。底部置有九个龙头,均口吐圣水,既表龙生九子,又因其中有一子名叫螭首,喜欢玩水,所以百姓就把它的头部用来当排水设施。

九龙壁前修筑一个倒映池,池内水波荡漾,壁上九龙倒映水中,就把静态的龙变为动态的龙,可以说构思巧妙,匠心独运。每当朝阳升起,九龙壁就被涂上一层耀眼的光辉,巨龙就像冲破云雾,腾身飞动起来,十分壮观。

在各地九龙壁中,双面九龙壁还确实不多见。

九峰塔

九峰塔是在曾经毁于战乱的魁星阁遗址西100米处的山顶上重建而成的，从原址基础判断，原先魁星阁的规模远远不能与现在的九峰塔相提并论，但魁星阁也有自己的独到之处。原魁星阁呈方形，第二层四面留有月亮门，魁星位于正中。据传，魁星底座装有机关，可以旋转。山风袭来，魁星便可转动。景致虽简，趣味却奇，建造者的巧思可见一斑。

过去的魁星阁因供奉"开文运点状元"的魁星神而声名远播。方圆百里的莘莘学子为了考取功名，都要来魁星阁顶礼膜拜，祈求神帮助，金榜题名。后来魁星阁毁于战乱，只留下一片残垣断壁。

改建后的九峰塔共九层，由地宫、塔座、塔身、塔刹四部分组成。九峰塔高33.9米，底层直径21米，顶层直径6米，外檐呈八角形，塔体呈锥状，其建筑风格舒展大方，十分壮观。

九峰塔地宫内供奉儒家代表孔子及七十二贤人。

一层供奉文昌帝君。文昌帝君又称文昌星，他是主管考试、命运，及助佑读书和撰文的神灵，也就是天上专门管理人间读书人文运以及求取功名的一位官员。

二至八层塔壁上绘有历朝历代榆次各界名人贤士。

第九层供奉魁星。魁星是主文运、文章的神祇，是中国古代天文学中二十八宿之一。东汉纬书《孝经援神契》中有"奎主文章"之说，后世附会为神，建"奎星阁"并塑神像以崇祀之，视为主文章兴衰之神，科举考试则奉为主中式之神，并改"奎星"为"魁

星"。魁星,又称"馗星",指唐朝时陕西西安户县石井镇阿姑泉欢乐谷人"唐赐福镇宅圣君"钟馗。

登上九峰塔,可北望太清宫,西观水晶院,南眺九龙湖,东瞰大洪山,四周景物一览无余,真乃一块风水福地。

榆次是个人杰地灵的地方,历史上曾经出现过许多名人,当今更是人才辈出。重修九峰塔,是为了更好地激励青年一代效法先贤,好学上进,学有所成,将来报效祖国。九峰塔把成绩卓越的榆次学子的姓名刻于塔内的"学优榜"以示奖掖,并以此激励后学。九峰塔还把卓有建树的榆次各界名流载入"乡贤榜",以资后世效仿。

九峰塔

天缘谷入口

天缘谷

天缘谷生态文化走廊位于水晶院东的天缘谷中,谷中有天缘石。此处景观因后汉高祖刘知远与昭圣太后李三娘结缘而得名。

刘知远系乌金山脚下西左付村人,十六岁参军,在军营中饲养军马。有一次刘知远于晋阳城南牧马,一马惊奔,刘知远追至榆次鸣李村边,见井台上有一年轻貌美女子正在汲水沤麻,她就是民女李三娘。二人一见钟情,于是刘知远和李三娘便经常到乌金山一山谷中幽会,并在谷中一山石旁私订终身。那时,刘知远只是兵营里的一个小军士。后来刘知远当了皇帝,李三娘便成为昭圣太后。于是,后人给刘知远和李三娘结缘的山谷取名为"天缘谷",并把他们私订终身的那块山石取名为"天缘石"。

乌金山风景

皇帝结缘之处自然有了灵气，若干年后，无水少土的天缘石缝中竟然长出了大、中、小三棵松树。后人将三棵树分别赋以名分。最大的一棵松树叫作高祖松，次大的一棵叫作李后松，最小的一棵给了刘氏后代汉王刘承祐，称为刘王松。

这个传说是否真实不得而知，但天缘石上现在也长有一棵松树却是事实。

天缘谷长2.3千米，谷中幽静深邃，巨石丛生，并有多幅名人摩崖石刻。游人从水晶院东侧入谷，沿着一级级青石台阶进入谷中。路两旁苍松蔽日，草木葱茏。百鸟在林间唱和，松鼠在枝头跳跃，清风徐来，松涛阵阵，让人觉得仿佛进入人间仙境。游人一路上不仅可以感受深林幽谷的独特风韵，还可游览寺僧圆寂的塔林，以发思古之幽情；观看刘知远和李三娘结缘的怡心园、天缘桥、龙凤亭、结缘台、饮马泉，以察古人之情怀；还可欣赏千年古井、黑龙池、大慧石等景观，以感神话之魅力。进入天缘谷的路旁侧栏上雕刻着中国历代名人的肖像，更为天缘谷增添了许多文化气息。

山神庙

山神庙

乌金山山神庙供奉有山神、土地爷、树神三位尊神。

山神是指古人将山岳神话并加以崇拜的神灵。从山神的称谓上看各种鬼怪精灵皆附于山，最终，互相融合，演变成每一地区主要山峰皆有人格化的山神居住。历代天子封禅祭天也要对山神进行大祭，可见山神地位之重。古时，人们常说，山神能够呼风唤雨，保佑人们平安健康，但也能降灾难、危害人间。所以，人们敬重它、拜服它，以求保佑附近一带平安祥和。

山神左边手持树枝者为树神。树神信仰源于"古俚僚人",他们信仰万物有灵,并认为神灵依附于树,树就是生命。如果神灵离开,树则死亡。在原始人植物崇拜中,最高的神祇是树神,树神不仅是万物生殖的象征,亦是人类繁衍的象征。

右边是最为亲民的土地神。土地神源于古代"社神",是管理每块土地的神。其形象大都衣着朴实,平易近人,慈祥可亲,为须发全白的老者,在明代尤为盛行。土地为人类提供了活动场所,万物生长为人类提供了丰富的食物,故人类感激它、崇拜它。对社神的祭祀,早在《诗经》中就有记载:"社,所以神地之道也,地载万物,天垂象,取材于地,取法于天,是以尊天而亲地也。"祭天、地是古代两项重要的活动,可见社神的地位非同小可。

镇寿寺

镇寿寺(也称正寿寺)位于水晶院东两千米处的大洪山山坳里。该寺最早建于隋末唐初,据民国《榆次县志》记载:"镇寿寺正殿塑佛菩萨宗像极精工。"镇寿寺建有观音殿、千佛殿、大雄宝殿等。殿中千手观音、六臂哪吒、千佛塑像神态逼真,有很高的艺术价值。殿东北隅石洞门上署"幽冥洞"三字,洞内现存10尊宋代石佛造像,石佛雕工十分精美,现保存完整的仅有3尊。

相传，被唐太宗李世民赐号为"空王佛"的田志超就曾在这里修行。起初，镇寿寺规模极小，是田志超在此修行期间化缘重修，此寺才得以扩大，以致千年以后的今天，我们仍能从其遗址判断出镇寿寺的规模。

镇寿寺周围苍松遮天，翠柏蔽日，百鸟唱和，真如仙境，曾百年香火不断。可惜在"文化大革命"中此寺被当作"四旧"而拆毁，现在只留下幽冥洞以及洞中的石佛像。

镇寿寺残留的珍贵文物除了幽冥洞里的石佛像以外，还有11通石碑，其中一通是清代乾隆年间修复该寺时立的碑，碑文记载了原先镇寿寺的规模以及当年这里香火胜极的情景。而今日碑上的字迹依然历历可辨。此外，寺中有两株千年古松，形如龙凤，人们称之为"龙凤松"。

镇寿寺遗址

和合寺

　　和合寺位于乌金山西南的中林山上，寺内供奉和合二仙。和合寺依山而建，共分四层，自下而上第一层为石券窑洞式禅房四间；第二层为和合寺大殿遗址；第三层为两套间地窨式石砌闭关洞；第四层为观音堂遗址。由此，和合寺规模可见一斑。

　　"和合"是指和睦和顺及相亲相合的意思。"和合二仙"是神界中管理人世间人际关系和男女情缘的神。

　　传说很久以前有兄弟俩，一个叫"寒山"，一个叫"拾得"，二人本是文殊菩萨与普贤菩萨转世。玉皇大帝为了考验他们两人，就变了一位叫白莲的女子下得凡界，而且让兄弟两个同时爱上这个女子。当哥哥寒山发现弟弟和自己的未婚妻是一对恋人后，于是便割断尘缘出家当了和尚。等弟弟发现哥哥走失而千辛万苦找到哥哥并得悉他出家的真相后，也跟着哥哥遁入了空门。

　　"寒山"和"拾得"经受住了玉帝的考验，玉帝就想把他们封为"和合二仙"，于是就征求如来佛祖的意见。但如来佛祖竟说应封"万回"为和合之仙。据说万回的哥哥远赴战场，父母因为挂念他而终日啼哭，于是万回就只身前往战场探望兄长。两地相隔万里之遥，他竟因为惦记父母而朝去夕归，故名"万回"，民间俗称"万回哥哥"。

　　如来和玉帝的意见不一致，于是玉帝想出一个办法，佛家供万回为"和合之神"，道家供寒山、拾得为"和合之仙"。清代雍正时，曾封寒山、拾得为"和合二圣"，民间亦多以此二人为"和合二仙"。

　　以上的传说都体现了中华民族相亲相爱的传统美德，故深受人们的喜爱。榆次中林山的和合寺所供奉的"和合二仙"就是"寒山"和"拾得"。

　　和合寺内有一大石，石上有九个石凹，形如海碗，凹内常年蓄水，人称"九莲灯"。传说夜深人静，有九仙女自水中出，歌舞于石上。

　　和合寺周边生长有万亩柏林，此处柏树树干纹理多为左扭，人们称此种柏树为"左扭柏"。

和合寺遗址

华严寺

R E N W E N J I N G G U A N

华严寺是中国佛教华严宗的祖庭。

乌金山华严寺（又称紫严寺）位于水晶院东的紫金山上，此庙始建于唐初。相传是唐代佛教传播人李通玄悉心诠释《华严经》的地方。

李通玄是唐高祖李渊的叔叔。据说此人不喜欢参与政事，而一心向佛。因为李通玄一向豁达慈爱，学问又好，唐高祖李渊称帝后，曾多次请他出山帮助署理朝政，但都被他婉言谢绝。为了避免

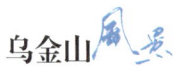

华严寺遗址

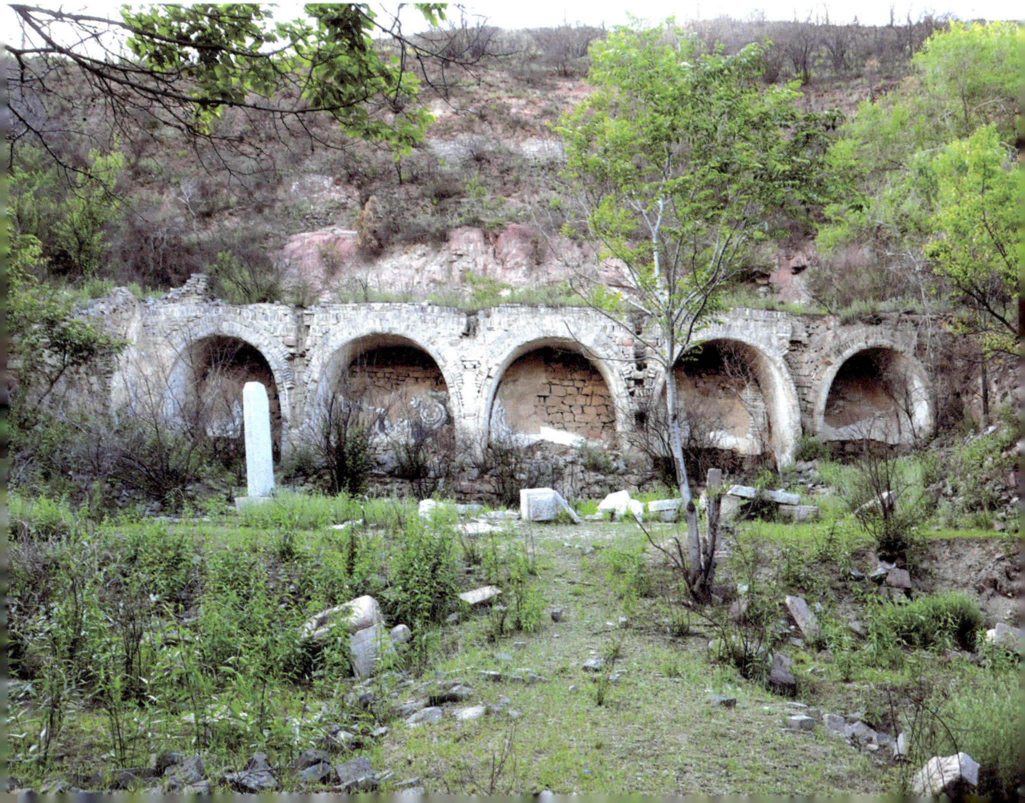

世俗应酬,他便隐姓埋名,来到山清水秀的紫金山一座简陋的石窟中,悉心研究佛教经典《华严经》。

乌金山下有个庞梁村,村里有一个乐善好施的财主名叫庞全。他久慕李通玄的学问,不时上山请教,二人脾性甚是相投。庞全就出资在紫金山上修了一座寺庙,取名为"华严寺",专门供李通玄在寺内研读《华严经》。

华严寺有正殿五间,其中三间塑如来三世佛像,两边间各为禅房,李通玄的茶饭都由庞全供应。就这样,他不仅详细批注了《华严经》,还撰写了佛教汉传名著《新华严经论》四十卷、《华严经中卷大意略叙》一卷及《华严经修改第二章疑论》四卷。

榆次紫金山华严寺之所以赫赫有名,与李通玄数年如一日在这里精心研读和著述有很大关系。紫金山华严寺曾供有李通玄的神位。

张彪祠堂

张彪祠堂位于乌金山脚下的西左付村,面临碧波荡漾的明珠湖,为二进院落,系张彪晚年归乡修祖茔时所建,至今保存完好。张彪祠堂于1988年公布为市(区)级文物保护单位。这座祠堂是清代末年,湖北提督张彪亲自设计并监督施工建造,于民国年间完工。祠堂坐北朝南,占地面积约1900平方米,建筑面积约600平方米。为二进院布局,建有祠门、过厅、正厅及耳房等建筑,共计24

间。祠门五间三门，进深四椽，单檐歇山顶，五檩前廊式结构，方形抹棱石柱，柱础双层，下层为如意花变体，上层为宝装舌状花瓣，整体建筑保存完整。

张氏宗祠为典型的民国时期建筑，集南北建筑风格于一体，布局严谨，结构中规中矩，用材考究，装饰构件精美，体现了民国时期建筑的风貌，并有山西的地方特色。

张彪，字虎臣，榆次西左付村人。童年家境十分贫寒。很小的时候，张彪就失去了父亲，以从煤窑上运煤挣钱养活自己和母亲。9岁时母亲去世，由于家中贫寒，无钱出丧，只得把母亲就近掘土下葬。

光绪六年（1880年），张彪到了太原，投补抚标兵额，参加

张彪祠堂

了武童试,被选为"戈什哈"。当时,张之洞任山西巡抚,把他选拔为随身侍卫。不久又把身边的婢女认作义女嫁给了张彪,并且把张彪当作自己的心腹,从而奠定了其47年的行伍历程。由于张彪本人的才干,再加上张之洞的提携,由小小侍卫升至湖北提督、建威将军之职。民国政府成立后,他又被聘为高等顾问,授陆军中将头衔、一等大绶嘉禾章,成为清末民初军界政坛名人。

张彪祠堂规模宏大,与车辋"常氏祠堂"、六堡"贾继英祠堂"齐名。张彪祠堂内原有慈禧太后、光绪皇帝赐给的半副銮驾,以及各大臣赠送的匾额。"文化大革命"期间,祠内存物被洗劫殆尽。祠内现存有张彪画像等。

寺僧塔林

乌金山遗留下来多个寺僧的墓塔，每一个墓塔都埋藏着一个动人的故事。其中最为著名的有两个，其一是剁手和尚塔，其二是金指和尚塔。

剁手和尚墓塔位于乌金山砖窑地，即水晶院西崖上、游园北侧。现重修墓塔，特塑剁手和尚汉白玉雕像，以示特别纪念。

剁手和尚乃隋末唐初人，是水晶院寺庙的开山师祖。相传他曾是一个来自五台山的云游和尚，曾经遍访北方的山川林地。有一天他来到乌金山水晶院的原址，发现这里三面环山，一面临谷，背风向阳，气象庄严，有龙脉之征。且山地之上，岩石光洁，目光所及，林木苍郁，深谷幽境，云蒸霞蔚，股股清泉从喷云吐雾的岩洞中溢出，漫坡细流，淙淙有声，好一处清凉胜境，福地洞天。此情此景，使四大皆空的云游和尚顿生倦游之感，便决定建寺久住清修。为了建寺筹资，不惜剁手化缘以表诚心。经过艰苦努力，水晶寺终于落成，但他却心力交瘁，猝然而亡。善男信女感其功德，遂将他厚葬于游人必经的路旁，并在他的墓上修亭树碑，以资后人参拜。

金指和尚墓原位于镇寿寺以南山脚下的路旁，为七层八角石塔，人称"金指和尚塔"。

金指和尚原是镇寿寺住持。传说西天王母娘娘赴八仙盛宴回宫途中，见下界一座山林风光秀美，山中寺院香烟缭绕，心中甚喜。遂化作一贫穷民妇，到山上赏景游玩。此时正值王母身怀六甲，不

想游玩劳累，动了胎气，即刻就要临盆。王母想试试镇寿寺住持向佛的诚心，便径直来到寺院求助。寺院住持虽然是出家人，但他不能见死不救，并不因民妇衣衫褴褛而怠慢，便在禅房安床备盆，尽心尽力伺候民妇产下一女婴。和尚用自己的袈裟将女婴包好，放在民妇的身旁。随即和尚将血盆端出，并想洗掉自己手上的血迹。但他惊奇地发现，自己的十指竟变成了金指。这一惊非同小可，他立即回到禅房，但房间已空空如也。和尚知道遇到了上界的神仙，赶紧朝天叩头膜拜。此后更加专心修行，终成正果。该传说已经流传百世，至今不衰。

敦崇礼墓园

敦崇礼墓园位于乌金山九峰塔东南，与主文运的九峰塔遥遥相望。

敦崇礼（Moir Duncan）1861年生于英国苏格兰一个贫苦家庭。1888年由英国浸礼会派往中国传教，他先到山西后去陕西。1901年7月，敦崇礼受山西大学创办人李提摩泰的委派，同叶守真、文阿德等8位传教士来太原办理山西教案执行事宜，并被聘为山西大学堂（山西大学前身）西学专斋总教习。

1903年春，山西大学堂在太原侯家巷征地200亩，由敦崇礼负责新建校舍。1904年秋，山西大学堂新建校舍完工，中、西两斋同时迁入。新建的山西大学堂校舍规模宏大，布局优雅。西学专斋教习新常富赞誉道："诚不愧为大学之名焉，其构造不为不善，布局不为不工。总之，大学堂建筑完备，已无遗憾，人才荟萃，大有可观。"

敦崇礼任山西大学堂西学专斋总教习六年期间，除了主持校务以外，还亲自参加建校劳动，并长期兼课，践行他的教育理念。他关心师生食宿起居，注重减轻学生课业负担，提倡体育运动。西学专斋在他的主持下，学生达到329名，在人才的培养，以及教学与科研方面都取得了巨大成就。因此，清政府赏予敦崇礼二品顶戴，1905年苏格兰格拉斯哥大学授予他法学博士学位。

敦崇礼在山西大学西学专斋工作期间，因身体状况欠佳曾多次到乌金山疗养并居住在水晶院修身。1906年8月，敦崇礼因病情加重不治而与世长辞，终年45岁。根据敦崇礼生前遗愿，山西大学西学专斋将他的遗体埋葬于乌金山的送神坪上，后又迁至现在的位置，并建有墓园与敦崇礼生平事迹展览馆，还在墓地上竖有欧式墓碑以作纪念，让更多的人瞻仰这位为中国的教育事业做出突出贡献的外国友人。

德顺堂

德顺堂位于水晶院东侧、太清宫南侧的大青山麓，与水晶院相对而望。德顺堂始建于民国初年，为孔祥熙的避暑山庄。

孔祥熙为山西太谷人，系孔子后裔，与蒋（蒋介石）、宋（宋子文）、陈（陈果夫、陈立夫）并称为"民国四大家族"，曾任民国政府财政部长。传孔祥熙虽然政务缠身，但故土难忘，遇有机会便回故乡小住。但太谷夏季十分炎热，位高权重、富可敌国的孔祥

熙自然难以忍受，就想在离省府太原和家乡太谷不远处找一个凉爽的地方，修一处房舍，以供其躲避酷暑。他的属下为他选了几个地方，但他都不中意。五台山虽说凉爽，但离省城太远；晋祠离省城较近，但悬瓮山风景不佳。最后他的属下从《榆次县志》上发现如下记载："乌金山林木丛蔚，为全县清凉胜境……中外人士多避暑于此。"便以此报孔祥熙。孔祥熙便亲临乌金山进行实地考察。果然，这里峰峦叠嶂，茂林如海，云蒸霞蔚，山风习习，的确是一处清凉胜境。更让孔祥熙心动的是，这里寺庙林立，暮鼓晨钟，越发触动了他的文人情怀。于是他便决定在水晶院对面的大青山建造自己的行宫，并取名为"德顺堂"，这就是后来的孔祥熙避暑山庄。

德顺堂

清正园

RENWENJINGGUAN

　　清正园位于景区核心位置，占地面积5000平方米，建筑面积3336平方米，是榆次区党员干部反腐倡廉警示教育基地。

　　清正园由一亭（清正亭），二像（包拯造像、海瑞造像），三碑（园名碑、园记碑、廉字碑），四石（清正石雕、语录石雕、花架石雕、假山石雕），五篇（勤政篇、修身篇、吏治篇、百龙篇、求实篇）组成。

　　清正园入口石刻"清正"两个大字是由山西农业大学教授，著名书画家盛寿藻先生题写。

　　整个清正园呈现警钟造型，"清正"石刻位于钟铃位置，寓意为钟铃激荡，警钟长鸣。

包拯塑像

　　清正园的核心，是清正亭。清正亭亭基由厚重的巨石累积而成，十六根红色柱子挑起十二角飞檐，造型恰似一枚印玺。亭的四面亭眉上各有一个字，分别为"清""正""神""明"，寓意为"清廉""正直""神圣""明鉴"。

　　清正亭正面嵌有一副对联，道是："环宇三清佛道儒同山共济；周天九鼎法规条众谱和谐。"此联由本地著名书法家张增谦先生书写。意思是：天地清明，佛、道、儒三教共存乌金山，以福济民众；连绵不断，以法规律条治理天下最为重要，依靠众人谱写和谐社会。

　　清正亭廊檐上方有精妙的彩绘十六幅，都是以清廉文化为题材

的故事，记有："优孟衣冠""子罕辞玉""四知先生""一钱太守""一文不取""三留苏州""五朝清卿""二不尚书""三汤巡抚""清风传家""生死社稷""抬棺直谏"等。为了使人们更好地理解故事的含义，在清正亭外围石栏板上方还特意刻有相关故事的解释。

清正亭不仅体现廉政文化，同时也是一处景观。站在清正亭上，能够看到雄伟壮观的神坛、僻静幽远的太清宫、金碧辉煌的水晶院、郁郁葱葱的天缘谷、高耸入云的九峰塔、坦坦荡荡的弥勒佛和气势恢宏的龙王庙。在这里可以将乌金山重要的人文景观与自然景观一览无余。

穿亭而过，也有一副对联："秉天赋浩然正气造福百姓；持地势出世精神护佑苍生。"意思是：要秉承天地赋予的浩然正气为黎民百姓做好事；要以超然脱俗的境界对待身外之物来保护百姓的利益。

清正园里矗立着包拯和海瑞两位家喻户晓的历史人物塑像。

包拯（999—1062年）：字希仁，庐州合肥（今安徽合肥）人，北宋名臣。天圣五年（1027年），包拯登进士第。历任三司户部判官，京东、陕西、河北路转运使等职。包拯做官以断狱英明、刚直不阿而著称于世。一生秉公执法，从不徇私舞弊。后世把他当

语录石雕

作清官的化身,素有"包青天"之称。

海瑞(1514—1587年):字汝贤,号刚峰,海南琼山人。明朝著名清官。嘉靖二十八年(1549年),海瑞参加乡试中举,初任福建南平教渝,后升浙江淳安和江西兴国知县,推行清丈、平赋税,并屡平冤假错案,打击贪官污吏,深得民心。历任州判官、户部主事、兵部主事、尚宝丞、两京左右通政、右佥都御史等职。他打击豪强,疏浚河道,修筑水利工程,力主严惩贪官污吏,禁止徇私受贿,并推行一条鞭法,强令贪官污吏退田还民,遂有"海青天"之誉。

在清正亭外围石栏板上刻有《吏治篇》《百龙篇》《勤政篇》《求实篇》和《修身篇》。《吏治篇》的内容有:敬神修德、六声断廉、奖励进谏、铸刑鼎、《法禁》、风霜之吏、试守上计、籍贯

回避、八议十恶、考课至密、言谏职官、《唐律疏议》、谏官慎选、殿试、厚俸养廉、检法纪纲、《大明律》、科道同察、考满考察、票拟批红、养廉银等。《百龙篇》是以真、草、隶、篆不同书体书写的九十六个"龙"字，加上假山两侧的两个"龙"字，"园记碑"上的一个"龙"字，共九十九个"龙"字相互映照，浑然一体，意趣盎然。《勤政篇》《求实篇》和《修身篇》则以勤政为民、修身务实、公而忘私、实事求是、洁身自好、廉政慎独的古今先贤名言为主。

　　清正园内外还植有6000株"清廉树"，每株树上都挂着一块认建认养牌。牌上标明编号、树种、单位、认建认养人姓名。"清廉树"成为清正园的一道景观。

　　园内还有一处石刻，这块石刻的石材是乌金山特有的黄砂石，

乌金山风景

上面刻有一个大大的"廉"字,整体造型极像包公的脸谱,这一石刻成为清正园的点睛之笔。

廉字石刻

清正亭

第三章 狂欢天地

狂欢谷是乌金山国家森林公园景区中一颗璀璨的明珠，地处4A级旅游景区乌金山国家森林公园的中心位置。位于榆次、太原、寿阳三地交汇处的罕山之阳；西距太原城30千米、武宿飞机场25千米；南距榆次城17千米、山西大学城14千米；北有307国道擦园而过；南临太旧高速公路"晋中北"出口；中有北山路直通榆次，交通便利，地理位置优越。

乌金山狂欢谷主题公园
KUANGHUANTIANDI

　　乌金山狂欢谷是集参与性、观赏性、娱乐性、趣味性为一体的综合性情景体验型现代主题公园。狂欢谷集水陆空三栖游乐为一身，融乘骑游乐、特技剧场、主题活动、生态休闲于一体，是华北地区最具规模的大型娱乐中心，被誉为"中国森林中的欢乐谷、山西第一主题公园"。

　　乌金山狂欢谷主题公园占地面积53.3万平方米，总投资3亿元，由6个主题30个游乐项目组成。浪漫的深海漂流、神秘的旷谷部落、刺激的星际嘉年华、让你尽情体验现代娱乐的无穷魅力。在这里，有规模宏大、形象逼真、亚洲规模最大的欢乐门区；在这里，你可以乘上极速飞车来一趟太空之旅；在这里，你可以观赏华北地区首

狂欢谷游客中心

座集视觉、听觉、触觉于一体的360度环幕影院；在这里，你可以踏上涉水战船，玩一场逼真的水上战役；在这里，30项娱乐项目设施等您抢先体验，过山车、太空梭、摩天轮、大摆锤、天堂炼狱、摇头飞椅、碰碰车、疯狂的士高、快乐战城、卡通脱口秀应有尽有，让你尽享休闲娱乐的别样妙处。

主题一：七彩国度区

七彩国度区是以缤纷宝石为主题包装的儿童乐园区。七彩国度区为游客营造了欢乐动感的游玩氛围，创造了自由精彩的亲子天地，是合家游览与玩赏的欢乐空间。

主要项目：碰碰车、泡泡球馆、旋转木马、咖啡杯、自控飞机、摇头飞椅、太空漫步、脱口秀等。

碰碰车

泡泡球馆

碰碰车

　　碰碰车是公园、游乐园等公共场地最常见的游乐设施。乌金山狂欢谷的碰碰车项目占地345平方米，共有10台车辆，每台车辆可坐2人，一次可供20人共同娱乐。乌金山的碰碰车又称极速飞车，该项目建在室内，可以每小时7000米的速度激情欢乐碰撞，每场循环时间3分钟。相跟三五好友，组成一个"碰碰车队"，进行一次飙车大赛，未尝不是一次快乐的选择。大家可以在这里尽情享受极速飞车欢畅刺激的乐趣。不论是出了第8季的《速度与激情》，还是《头文字D》速度飙车，你都可以尽情展示风驰电掣的速度与不同凡响的车技，而不必担心被交警罚款。这里将为游客提供一个最富刺激而又最为安全的游乐活动。

泡泡球馆

　　泡泡球馆又称快乐战城，是专为孩子们设计的"乐翻天嗨皮城堡"，是供孩子们模拟战斗场面的地方。乌金山泡泡球馆可容纳200

旋转木马

咖啡杯

人同时游戏，馆内配备有单发枪、连发枪、大炮等游戏玩具，并建有高空翻斗、送球机、喷泉、浮台、空中靶等游戏设施，孩子们可以在这里模拟枪战，以满足崇尚英雄的好奇心。

当然，配备的卡通造型喷球玩具淘气堡也是近几年最时尚、最先进的大型儿童游乐场设备。

旋转木马

旋转木马就像一座富丽堂皇的快乐城堡。

乌金山狂欢谷旋转木马外形美观，金灿灿的锥形屋顶格外醒目，内部32匹马和4个座椅组成的坐骑，做工精致、形象鲜活。你可以坐在唐僧的白龙马背上，听着20世纪60年代的音乐怀旧；也可以骑着白马飞飞听着激进的音乐，放飞自己的向往。装饰华丽的木马、耀眼的玻璃柱、明亮的镜子等让人好像进入了童话世界，感觉无比新鲜。

旋转木马每分钟2.6转，游客容量可达600人/小时，设备高度8.8

米。所以骑上去可要抓紧了,这些是真正会飞驰的骏马。

旋转木马是不是也是你童年时的梦想,看着孩子们在上面灿烂的笑颜,是不是很羡慕呢?嘻嘻,如果来到这里,一定要体验一把噢!

咖啡杯

咖啡杯是音乐与闲适的完美组合。

乌金山狂欢谷咖啡杯造型优美,中间的咖啡壶更是形态逼真,且有别样的异国风情。咖啡杯游戏源自英国,在英国的边陲小镇上低矮的英式小屋中,每当夕阳西下,小咖啡馆里总是熙熙攘攘,人们端着咖啡杯,悠然自得地享受忙碌一天后的清闲。这可能就是为什么这个游戏项目要选咖啡杯为造型的原因。游乐是为了放松,大家可以在乘坐时享受这一份独有的清闲。

游客坐在咖啡杯式的座舱里面可以互动,大大提高了这款设备的趣味性和吸引力。再加上五颜六色的色彩搭配极具视觉效果,使人乘坐的时候不会有惊慌的感觉,且乌金山咖啡杯游乐项目的转速都是可以控制的,游客可以根据自己的心情选择速度。

自控飞机

自控飞机游乐设备在游乐场里犹如高大的航空火箭,充满科幻与浪漫色彩。乌金山自控飞机通体蓝色,高大巍峨,设有8条长臂,12个座舱,每舱可坐2人,座舱升降高度3.8米,运行时间3分钟。自控飞机旋转时,机械臂犹如巨人的手臂一般将飞机的座舱高高举起,孩子们会感觉仿佛是乘坐飞机翱翔于天际。

自控飞机

自控飞机是由机械、气动和油压电气系统组成，是以中心轴旋转配合升降的运动模式，四周的飞机围绕中心的火箭旋转，孩子们可以体验做一次机长的感觉，通过操作手中的操纵杆让飞机随意升降，在旋转的过程中形成了一种追逐的场面，使自己在模拟的环境中体验一把真实的太空之旅。

摇头飞椅

摇头飞椅是集旋转、升降、变换倾角等多种运动形式于一体的一种游乐项目，是游乐场最为耀眼的大型游乐设施之一。

乌金山摇头飞椅为36座，旋转直径15米，座椅起落高度约4米，吊椅转速为每秒9米，每分钟11转，运行时间3分钟。

飞椅是一种新颖的飞行塔类游乐设备。以立柱作为公转运动的依托，顶部大转盘以上升、倾斜、摇摆式反方向等方式进行自转运动，使由环链悬挂的乘客在离心力的作用下起伏飞旋。三种叠加运动的完美结合，犹如花蕾绽放，又如银燕飞舞，让游客在动与静中体验惊险的乐趣。

太空漫步

太空漫步是一种创意新颖的架空游览车类游乐项目。外形设计仿佛来自外太空的飞行器，新颖时尚，是一种全新概念的空中脚踏

摇头飞椅

车。太空漫步由10辆车组成,每辆可乘坐2人,轨道高度为3.34米,既保留了脚踏车的脚踏前行功能,又增加了自动驾驶功能。当游客脚踏累了,便可以换到自动挡,车体就可以自动前行。在行进的同时,游客还可以通过仪表盘上的按键选择喜爱的乐曲,在音乐的

太空漫步

陪伴下漫步青云,别有一番惬意的滋味在心头。除此之外,游客还可以在行进的过程中通过方向盘使车体360度旋转,以便欣赏四周的美景。假如留恋美景忘却前行,不用担心,车体上设置了感应装置。当后车追上前车时,前车会及时变脚踏挡为自动挡前行,而不会妨碍后面车辆的行进。

该项目老少皆宜,你可以与爱人、与朋友、与父母、与孩子一起游玩。太空漫步是乌金山狂欢谷最受欢迎的游乐项目之一,来到乌金山狂欢谷,一定要体验一次太空漫步的浪漫。

脱口秀

小时候看到电视画框里的播音演员很是羡慕,总是用稚嫩的语言惟妙惟肖地模仿着她们。看到《情深深雨濛濛》,总会穿上爸爸妈妈的衣服用琼瑶体模仿着紫薇、书桓的话语;看到《西游记》时,拿根擀面杖,抬起腿,转过身来句:"俺老孙去也!"。但越长大越没机会,配音的爱好一直被压抑。今天乌金山为您提供的"卡通脱口秀"项目,专治您的"配音痒",让你体验一把主宰

"声音"的乐趣。

进入"脱口秀"大厅,可爱的恐龙"嘟噜嘟比"来迎接你了。热情好客的"嘟噜嘟比"很喜欢和朋友们分享他的一切。你可以到他家做客,也可以和他聊天、逗趣、做游戏。细心的嘟比还不忘为朋友们拍照留念。

卡通脱口秀项目可以让你在特定环境中配音。实际上,这一切都是高科技的成果,多功能交互电影带来的新奇交流方式使你忘却羞涩,瞬间摆脱不自信,立刻加入其中,丝毫不用担心进入不到状态。卡通和声音的激情碰撞,绝对是一场盛况空前的欢乐盛宴。声音好听的你仅仅缺少的是一个练习和展示的平台,相信在嘟比脱口秀里会乐翻天,也会成为下一个王牌脱口秀主持人。

脱口秀大厅

乌金山风景

主题二：深海幻想区

深海幻想区以丰富的色彩、欢快的节奏、梦幻的环境，谱写出一段跳跃的音符，可以创造梦幻、神奇、欢乐、愉悦的主题氛围。

主要项目：深海漂流、飞舟冲浪、水上空中飞人、水上碰碰船、快乐向前冲等。

深海漂流

乌金山狂欢谷深海漂流项目由国内专业设计师设计。

游客登上17.6米高的滑道塔，乘坐橡皮艇从塔上俯冲而下，一

深海漂流

路激起簇簇浪花。风驰电掣的速度与失重的感觉会让你紧张刺激而又兴奋,你会产生一种在风雨中劈波斩浪的快感。

橡皮艇从滑道塔跌落后,会进入一条长达450米蜿蜒曲折、水流湍急的河道,河道流经半个游乐区,时而宽阔,时而狭窄,水流也会根据河道的宽窄而变化。沿途还设计了各种不同方向与不同力量的水流,使每艘可乘坐6人的10艘橡皮艇在前进的过程中时急时缓,上下颠簸,来回旋转,好像故意不听你的指挥,考验你的驾驭能力。

橡皮艇顺流而下,四面青山环绕,林木花卉,应有尽有,美不胜收。两岸还置有各种海底世界卡通动物,他们向你挥手致意,让你感到温馨浪漫,给你来一个猝不及防的恶作剧,让你开怀大笑。这里是充满童趣的水上王国,童心未泯的你,在这里,可以来一场酣畅淋漓的水上大战。在这里,只要你尽兴,怎么嗨怎么耍,完全不受约束!

飞舟冲浪

飞舟冲浪又称"激流勇进",是每一座大型主题乐园的标配之一。乌金山的飞舟冲浪,包含激流勇进项目的所有元素,同时还设计了一段无水的轨道,可以被称作"水陆过山车"。

飞舟冲浪之舟一次可乘坐20人。登上飞舟,游客必须按照规定系好安全带。飞舟将沿斜坡被提升到20米高的轨道上,然后转身随轨道飞驰而下,急速俯冲,瞬时跌落,突然眼前大浪冲起,水花四溅,水雾弥天,飞舟的跌落速度达到每秒120米。跌落是整个体验过程中最为精彩和紧张刺激的部分,游客可以体验到一定程度的失重,并且被自己溅起的水花包裹,整个过程惊险刺激而又趣味无穷。

炎热的夏日,坐在飞舟上,从20米高空俯冲而下,体验高空坠落的瞬间,不仅会有一种惊心动魄飞起来、灵魂出窍的感觉,而且还有打湿衣服,凉爽宜人的舒适。

飞舟冲浪

水上空中飞人

水上空中飞人

乌金山水上空中飞人使用从法国进口、世界最先进的水上飞行器。水上飞行器通过附着在脚上的一个巨大管子将水抽起,然后再通过另一个管子将水喷出,利用所产生的反作用力,让游客腾空飞起,并在水面上漂浮,就像是在"飞"一样。体验者可以手动操作喷嘴调整飞行姿态,可以像鸟儿一样在空中自由飞行,还可以稳定在空中,遍览周边风景。最为神奇的是,它还可以让你潜入水底,在水里自由行走,并可以像海豚一般跃出水面,激起层层浪花。水上飞行体验与在陆地的体验截然不同,它将给游客带来异样而神奇的感觉。

水上飞行器喷射装置可以产生100马力的巨大推动力,上升高度可以达到10米,甚至更高。

水上碰碰船

我们尝试过陆地碰碰车的刺激，乌金山狂欢谷还为你提供水上碰碰船的另类体验。

水上碰碰船为特制的橡皮艇，每艘橡皮艇可承载2人。碰碰船活动场景是热带雨林，碰碰船就在各种热带水生植物的环绕中穿行，让游客有一种别样的惬意感受。碰碰船可以相互碰撞，碰撞时船体将会上下左右不停颠簸，游客可以在相互碰撞中体验无穷的乐趣。

水上碰碰船的船体由防撞轮胎和玻璃钢制成，其行进功能采用先进电动系统，电力充足，动力强劲，安全性能非常高，即便激烈碰撞也绝不会翻船。

水上碰碰船除了碰撞产生快乐以外，还可以模拟枪战场景。为增加参与性，专门设计了可活动的激光枪，对打效果更加逼真。高保真的音响系统及多变的灯光，使其趣味性更强。

水上碰碰船

快乐向前冲

"快乐向前冲"是一个激情闯关游乐项目。乌金山狂欢谷水上娱乐区"快乐向前冲"项目是深海幻想区的一大亮点。

"快乐向前冲"设置有：Are You Ready（你准备好了吗？）、水上软桥、击鼓喷泉、跨跃水上浮萍、水上翻翻乐、水上钢丝、水滑梯、凌波微步七大娱乐项目。每个项目都是体力、智力、协调力的考验，每一道关卡都是你智慧的展示。

"快乐向前冲"是一项挑战自我、战胜自我、放松身心的娱乐活动。在这里，无论你是亲身参与，还是在岸上观看；无论是团队PK，还是家庭竞赛，都会留下一片欢声笑语。比一比谁的身姿更矫

快乐向前冲

健，看一看谁的落水更优雅，一个创造快乐、享受快乐的地方等待着您的积极参与。

"快乐向前冲"有专业的项目主持人，可以为您量身定制团体PK赛、家庭PK赛程序，呈现一套新颖的、独具风格的，溶趣味性、竞技性、实效性、挑战性为一体的方案，并指导你的团队顺利完成各个项目。

充满欢声笑语的"快乐向前冲"活动，定能让游人玩得意犹未尽，定能让您留下一次美好的回忆。"快乐向前冲"PK赛后，游人还可自行划着小船，荡舟湖面，深切感受水上项目的欢乐。

主题三：星际嘉年华区

星际嘉年华区以缤纷的包装、精彩的项目、奇异的景观，集中表现成功的喜悦、胜利的狂欢。星际嘉年华将为游客营造欢乐的体验氛围，是游客狂欢的嘉年华。

主要项目：大摆锤、跳伞塔、星际探险、过山车、滑翔飞翼等。

大摆锤

超级大摆锤是许多游乐园里的"明星"。

乌金山大摆锤体型庞大，外观设计大气，颜色鲜艳，外围由多根粗壮的铁柱支撑，以上方为支点向下垂挂着圆形摆锤，吊臂在摆动的同时，圆形的座舱也会随之旋转，座舱旋转的同时，悬挂座舱

大摆锤

的主轴在电机的驱动下做单摆运动。

超级大摆锤的座舱一次可容纳游客30人,运行高度达19.8米。大摆锤以压肩作为安全束缚,配以安全带作为二次保险,以确保游客的安全。

大摆锤的运行过程大致是:首先摆锤启动,游客身子微微颤抖。

继而左倾10°,游客全身斜躺,就像走在颠簸山路上。

然后右倾10°,全身晃动,感觉挑战在即。

接着倾斜20°,左右晃动仿佛是在荡秋千。

当大摆锤倾斜30°—60°时,晃动愈加剧烈,游客不由得会喊出声来。

惯性越大,摆锤的摇摆倾角也会越大,动荡的感觉也就会更加强烈。随着速度的加快，摆幅的加大，游客的尖叫与欢呼声将汇成一片，使整个游乐场充满了欢乐的气氛。

乌金山超级大摆锤让游客尽情享受与品味天旋地转、头晕目眩和超级失重的感觉，在疯狂的叫喊声中完成一次绝妙的体验。

跳伞塔

乌金山跳伞塔项目让游客乘坐在吊箱里，然后慢慢上升到一定高度，再从高空迅速下落，给游客带来一种失重的感觉。

跳伞塔

跳伞塔高25米，运行时间为3分钟，有3个吊箱，一次可乘坐18人。首先游客进入吊箱，系好安全带。然后吊箱将以每秒1米的速度缓缓爬升，此时游客将会产生登高望远的感觉。在上升的过程中，游客可以全方位俯瞰狂欢谷的壮观风景。

待到吊箱升至25米的高度，便随即迅速跌落，让游客在惊险刺激的状态中完成仿佛飞行员跳伞的体验。

星际探险

星际探险是模拟太空遨游的游乐项目。

星际探险的座舱运行方式非常独特,每组座舱不但可以逆时针旋转,还可以翻转360°。每个座舱翻转也不同步,座舱会变换各种摆动方式,让你体验各种不同角度带来的不同感觉。尤其模拟太空情境的大型球幕电影让你仿佛置身于神秘而真实的太空。迎面呼啸而来的小行星让你的心提到了嗓子眼上,仿佛即将遭遇碰撞,旋即又擦身而过化险为夷。伴随环幕电影的情节,音乐时而紧张,时而舒缓,一会儿让你经历一场惊心动魄的星球大战,一会儿又让你饱览无垠星空的美景,亦真亦幻的情境让你终生难忘。

乌金山星际探险项目建筑总面积约2700平方米,总长90米,宽30米,室内高度约12米。星际探险项目运行时间为6分钟。

星际探险

过山车

过山车

"缓上行,人悬空,忐忑不安半空中;左顾右盼面喜色,七上八下心惊风。猛下滑,头脚颠,天旋地转欲成仙;不约而同惊呼起,车回原地白喊天。"这是一位游客乘坐过山车以后写下的真实感受。

过山车,又称为"云霄飞车",这是每一座游乐园或主题公园的"灵魂",是一个极富刺激性的游乐项目。那种风驰电掣、有惊无险的快感令不少人着迷,这个项目尤其深受年轻游客的喜爱。远远望去,狂欢谷中的过山车就像一条彩色的"蛟龙"腾空而起,并在山谷中呼啸飞翔。

乌金山狂欢谷过山车的轨道纵横交错,长498米,高25.5米,运行速度70千米/小时。轨道上有六节车厢供游客乘坐,每个车厢可乘

滑翔飞翼

坐24人，运行时间为90秒。

过山车是所有动感游乐项目中最为刺激的一种。它会载着你时而跌入万丈深渊，时而又直冲云霄。飞速跌落与猛然提升的巨大反差，令人饱尝惊险的快乐与刺激。

乌金山狂欢谷过山车具有绝对的安全保障，你尽可以放心体验。

滑翔飞翼

滑翔飞翼是一种空中索道式的游乐项目。原建于平地，左右塔架一高一低，利用塔架落差使特制的滑翔"飞艇"自动滑行。乘坐滑翔飞艇，游客有飞机即将着陆的感觉。该项目安全、刺激，适合各个年龄阶段的游人。

乌金山滑翔飞翼项目索道飞架两山之间，横跨狂欢谷。

乘坐滑翔飞翼，可在空中鸟瞰乌金山秀美的风光，郁郁葱葱的森林、五颜六色的花海尽收眼底。伴着清风，和着花香，会使您如痴如醉……

乌金山滑翔飞翼项目每艘飞艇准乘4人，每次2艘同时运行，运行时间5分钟，最大上行速度3米/秒，最大下行速度7-8米/秒。

乌金山滑翔飞翼既是游乐项目同时也是交通工具，游客可乘坐飞艇往来于七彩国度区和星际嘉年华区。

主题四：矿谷部落区

矿谷部落区以"矿谷生活体验"为核心内容，以传说中的神秘宝藏守护部落为主题包装，以奇异景观建筑为特色，打造原始、粗狂、野趣的矿谷部落乐趣。

主要项目：矿山车、飞行塔、晶矿传奇、旋转的士高、深宫探险等。

矿山车

想必斯皮尔伯格导演的《侏罗纪公园》大家都很熟悉吧，今天乌金山狂欢谷的矿山车就开进了侏罗纪的世界。矿谷里，形态各异的恐龙张牙舞爪，惟妙惟肖。他们会伸起手臂拥抱你，还会突然"哇"地张开大嘴吓唬你。如果您的孩子喜欢恐龙那就一定要带他来乌金山坐矿山车了，因为这里可以有机会见到各式各样的恐龙，

矿山车

了解两万多年前的侏罗纪时代，圆孩子心里的恐龙梦。

　　乌金山矿山车采用仿古式的火车造型，由两列列车组成，每列可乘坐26人。轨道长750米，运行时间2.2分钟。运行轨道拥有两个提升段和顶端旋转的独特功能。列车由动力第一次提升后，即沿轨道自由高速滑行，时而盘旋疾驰，时而蜿蜒游荡，最后缓慢前行到第二提升阶段。第二次提升后，火车以电力驱动实现左右摇摆、前后俯仰、原地旋转三个自由度的动感特技。游览结合路轨和环境进行主题包装，使人身临其境，置身于矿山现场。

　　坐在复古的火车上，听着呜呜作响的汽笛，兴奋的情绪立刻被调动起来。火车随着轨道进入矿洞，满脑子是黄金矿工挖金子小游戏的影子，于是兴奋更是增加了几分。火车随轨道盘旋，急转弯，摆动，颠簸，起起落落，逼真地模拟矿车在侏罗纪穿梭、坠落、躲

避恐龙追击的场景。一路惊恐地盘旋到顶端的时候，突然，看到长着利牙却憨态可掬的恐龙时，你又会放下心来，不由得会心微笑。回头再看一路，从最开始的兴奋，到中期的恐惧，再到最后的欣慰，感觉一切都特别值得，值得经历这场惊心动魄的矿山之旅。

飞行塔

狂欢谷飞行塔是一种新颖的飞行游乐设备，也是非常有趣的游乐项目。它是以庞大的立柱作为依托进行公转运动，顶部大转盘可以做上升、倾斜、摇摆式反方向运动，带动周围由环链悬挂的飞椅旋转，游客乘坐飞

椅，在离心力的作用下起伏飞旋，三种叠加运动的完美结合，上下翻飞，此起彼伏，犹如花蕾绽放，又如银燕在晴空中自由翱翔，游客可以在这里体验真实的飞翔乐趣。

晶矿剧场

晶矿剧场又称"魔幻剧场"。魔幻剧场充分利用"幻影成像"技术，并集合了数码影像制作、舞台光学系统、计算机控制系统，将数字影视、光学幻影成像同步播放。影像无缝拼接等多种技术的有机结合，给人产生意想不到的视觉效果。魔幻剧场还可以将真实演员的现场表演与影视幻影成像巧妙结合在一起，而实现

飞行塔

乌金山风景

晶矿剧场

真人演员在舞台凭空出现,而又瞬间消失。华丽魔幻特效的自由变幻,使悬浮在空中的影像时而近在眼前,仿佛伸手可及;时而又会将人的视觉带到遥远的星空,忽远忽近,忽明忽暗,变幻莫测,令人瞠目结舌。魔幻剧场的剧情真正让人"始料未及",真正从根本上颠覆"眼见为实"这一千古不变的观念。

在魔幻剧场中,数码视频制作大展身手,节目中有一个颇有趣味、特别吸引观众的地方,就是那些具有灵性的篝火。当老人回忆自己的一生时,篝火就会伴随他的叙述变化各种形态,这些都是利用数码技术与三维动画制作的效果,给人以神秘莫测的感觉。

乌金山魔幻剧场实现了舞台灯光与节目内容完美的统一,光线色彩瑰丽和谐,画面赏心悦目,节奏起伏跌宕。舞台灯光运用十分精致,特别是配合烟火、闪电、星光、篝火,互相交织而又层次分明，变化丰富的灯光效果为整个节目增添了无穷的梦幻色彩。

旋转的士高

的士高本是舞蹈的名称。旋转的士高是一种转盘绕中心轴旋转跳跃、类似跳老年迪斯科舞的游乐设施。

乌金山狂欢谷的旋转的士高项目拥有24个座椅，运行高度最高可达8.4米。该机运行时的动作宛如大海的波涛，乘客们乘坐在转盘内的环形座位上，随转盘一起缓缓旋转，就像在跳迪斯科。它又像一个绕着轨道旋转的大陀螺，公转与自转的巧妙结合，会让人有一种沉醉于舞蹈旋律的美妙感觉。

旋转的士高

乌金山风景

旋转的士高其运行轨迹是一个完美的弧形，大对勾的耐克形状是最标准的抛物线，正像耐克广告语所说，"just do it"，对，去做吧，有什么可怕的呢？没有胆量面对困难时就来玩旋转的士高吧，那样你就能克服困难，一路向前，走上人生巅峰！

深宫探秘

深宫探秘是狂欢谷娱乐游戏与乌金山矿山文化相结合的科普体验馆，在深达500米的地下深宫，全景式展示乌金山悠久的采煤历史和罕见的煤层地质奇观。同时加密室逃脱益智冒险类游戏，是一个以矿井为主题场景、集教育性、娱乐性、知识性于一体的大型游乐项目。深宫探秘把煤矿知识与采掘历史融入游乐之中，让游客在娱

深宫探秘

乐中了解矿井，拓展视野，增长见识，是矿业科普教育基地重点项目。

进入巷道纵横交错的地下迷宫，就进入了独特的地下景观游览区。游览区线路长800米，可同时容纳200人参观，参观时间为1个小时。

深宫探秘共分为"时空画廊""掘采再现""地质世界""地心穿梭"等板块，有20余项游览参观节点。游客进入地下矿井，戴上矿工帽，乘坐模拟罐笼直达井下，进入充满神秘色彩的"井下探秘游"，实现"当一次矿工"的愿望。

在这里，游客还可以体验到运用现代化数字多媒体技术，和4D手段模拟再现的煤矿灾难危险来临时的情景，以了解井下规避灾险、安全防范的常识，加深对煤矿安全重要性的认识，并体会煤矿工人的艰辛与伟大。

主题五：幸福畅想区

欢乐幸福门区以乌金山国家森林公园特有的山石和葱郁的森林为蓝本，结合乐园满溢的"欢乐"氛围，给游客营造"眼前一亮"、充满欢乐、充满幸福的森林之旅。

主要项目：摩天轮、天堂炼狱等。

摩天轮

乌金山摩天轮高度达50.4米，上面共有36个透明座舱，每舱

摩天轮

可乘坐2—4人，一次可供144人共同体验。

传说摩天轮的每个盒子全都装满了幸福，当我们仰望摩天轮的时候，就是仰望幸福，幸福有多高，摩天轮就有多高。当我们渴望幸福的时候，试着坐上摩天轮，等待它慢慢升高，去体验这种缓慢的、宁静的、安稳的幸福。

坐在乌金山摩天轮上，碧蓝的天空，起伏的山峦，茂密的森林，神圣的庙宇，入云的高塔，乌金山壮丽的景致尽收眼底，暖暖的幸福也近在咫尺。

天堂炼狱

天堂炼狱是乌金山狂欢谷内以神与鬼为元素的惊险刺激项目。天堂炼狱馆建筑面积2008平方米，有上下两层，分别是地狱和天堂。十八层地狱里以令人惊悚的十八个场景，逼真地展示了违反道德、伦理及法律所要经受的十八种磨难，它用生死轮回警示世人向真向善向美，做人要做个好人，做官要做个好官。十八层地狱告诫人们，要敬畏人世间的伦理道德，不要违背良知，做不道德的事。即所谓"善有善报，恶有恶报，不是不报，时候不到，时候一到，一切都报"。我们不能仅仅把所谓"十八层地狱"看作迷信，这其实是古代劳动人民用以规范人们行为的一种行之有效的手段。

走完十八层地狱全程约需20分钟。全程使用感应式导览方式，与

天堂炼狱

鬼族的近距离接触，会让游客获得身临其境的真实感觉。

经历了魔鬼的地狱便进入了天堂。天堂与地狱完全是两个世界。在这里，美丽的天使，悠然自得的野鹤，鹅毛般的白色云朵，璀璨的万里星空，绿色的寄给未来的信筒，美丽雅致的花好月圆场景……你会觉得自己变成了长着一双翅膀的天使，尽情地遨游在如梦如幻的仙境，心灵也变得无限纯净。

走过了地狱，走进了天堂，经历了一次大苦大乐大悲大喜之旅，对生命又有了一次新的认识。

主题六：疯狂穿越区

欢乐马戏团以"冒险启程"为线索，依托森林自然景色，完美融入人造主题景观，营造神奇独特的乐园环线，将游客引入又一个缤纷精彩的游览线路中。

主要项目：太空梭、疯狂马戏团、360°球幕飞行影院、VR体验馆、射水战船等。

太空梭

太空梭是乌金山狂欢谷众多项目中的一道靓丽风景，也是享誉世界的顶级娱乐项目，乘坐太空梭会有乘坐宇宙飞船的感觉。

太空梭又称"旋转跳楼机"，是一种以跳跃为主要运行方式的飞行塔类游乐设备。太空梭的座舱沿着竖直的立柱轨道做上升、下降和连贯地跳跃运动，使乘客在超重与失重的过程中体验惊险与刺激。

太空梭

乌金山太空梭高度达48米，外形设计美观典雅，主干为一个高大的柱体，柱体周围附有轨道，供座舱爬升与滑落。全程运行3分钟，每次可乘坐20人。

乌金山太空梭爬升与滑落的速度极快，在2秒的瞬间内便可弹射到48米的高空，停顿片刻便开始滑落。之后，在中段往返多次，最后直达最高端再急速滑落。

太空梭是一个挑战心理极限的项目，乘坐太空梭比过山车更加惊险刺激，惊险指数5颗星。短短3分钟的体验将会让你刻骨铭心，终生难忘。因此，在身体素质和心理素质方面的要求都比较高。

乌金山太空梭项目具有极强的安全保障性能，即便在高速运行的情况下，游客也完全不必担心发生任何危险。

疯狂马戏团

疯狂马戏团是一项大型翻滚类游乐项目，一条硕大的"L"大转臂，在绕机座水平轴线作大公转运动的同时，小转臂也在绕大转臂一端的水平轴线作小公转运动，与此同步，小转臂还做垂直轴线自转。三重旋转组成了各种不同的运行方式，令人感觉变幻莫测，惊险而又刺激。

乌金山疯狂马戏团运行高度为20米，按照与地面垂直90度、与摇臂垂直90度的方式旋转。设置了三排座椅，同时可以乘坐39人。

疯狂马戏团项目运行的时候，乘客坐在独特的座舱里，随着音乐的响起开始疯狂的旅程。耳边山风呼啸，睁眼天旋地转，闭

疯狂马戏团

眼地动山摇。三种旋转运动的叠加，一会儿直上云霄，一会儿跌入谷底，仿佛被马戏团的小丑玩弄于股掌之中，整个游戏过程充满了新奇与刺激。

360° 球幕飞行影院

　　360° 球幕飞行影院又被称作"穹幕电影"。走进乌金山狂欢谷的360° 球幕飞行影院便走进了一个亦真亦幻的奇妙世界。

　　360° 球幕飞行电影是一项全新的娱乐项目，它集球幕影院、大型机械控制、现场特效等多种高科技手段于一身，由巨型球幕、运动座椅、现场特技，与特别制作的球幕影片等部分组成。

　　乌金山动感球幕电影厅屏幕直径达11米，整个屏幕面积近100平

乌金山风景

方米，电影画面可达86平方米。电影画面由70毫米的鱼眼放映机投射而成，场面宏大，形象逼真。每场可容纳观众60人。

电影放映时，令人震撼的电影画面伴随着强大的机械提升设备，将十多排座椅抬升到空中，再推至球幕中央，使所有观众都仿佛是乘坐在飞形体上，在宏大的画面场景中穿行。观众的座位在计算机的控制下会随着电影画面的节奏产生俯仰、摇摆等动作，观众会感受到扑面而来的风，仿佛是在大森林的上空飞翔，时而与森林里的大型动物们互相追逐，时而与身边正在怒放的花朵对话。或穿越云层，或由高空坠落，有一种身临其境的震撼感。特别是大型动感太空飞行立体影像，让观众仿佛置身于一场精彩的星际大战中，

360° 球幕飞行影院

VR体验馆

立体画面和完美的特技构成了令人叹为观止的宏大场景，所有景物与动物都栩栩如生，真正让你体验到在太空世界高速飞行的真实感受！

VR体验馆

VR体验馆是虚拟现实体验的乐园。

所谓"VR"，中文的意思是虚拟现实。VR将为游客提供视觉、听觉、触觉等立体、全景、360°感官模拟，将想象中的"理想国"和科幻体验更逼真地展示在游客的面前，以满足人们对"梦想成真"的渴求，让体验者有身临其境之感。

戴上VR设备，你不仅可以在深邃奇妙的海底世界潜游，还可以到浩瀚无边的外太空飞翔，甚至还能"置身"硝烟弥漫的古战

场……一个个意想不到的逼真场景会活生生地呈现在你的眼前。

VR利用计算机生成模拟环境，是一种多源信息融合的、交互式的三维动态视景和实体行为的系统仿真。简言之，VR就是在计算机中构建一个完全虚拟的世界，并且可以把我们带入这个世界。

进入VR体验馆，你将会领略智能机器人、全息虚拟影院、VR坦克、VR神射手、3D打印机等各种场景的神奇。在体验区，只要戴上一副高科技眼镜，瞬间就可以"时空穿越"，体验到日常生活中不会经历的情境。

乌金山狂欢谷VR体验馆内最火爆的项目就是"时空侠客"。带上VR头盔，手持道具枪，瞬间进入一个720°全景沉浸式虚拟游戏世界，并化身主角接受挑战任务，"真枪实弹"地展开一场场厮杀，给你最酣畅淋漓的打斗体验。"时空侠客"比3D、4D技术更先进，它可以让你全身心体验，直接成为游戏里的主角。

在逼真的场景中体验真枪实弹的刺激，在最极致的游玩体验中领略畅快淋漓的快感，VR，让你不虚此行！

射水战船

还记得小时候玩过的打水枪游戏吗？五彩斑斓的塑料水枪里喷射出的就是少年最畅快、最快乐的心境。

如果将小时候玩的打水枪游戏与战船结合起来，在湖上进行一场水枪大战，那将是怎样一番情景呢？乌金山狂欢谷将带给你一种别样的体验。

乌金山狂欢谷的射水战船项目，在清波荡漾的湖面，铺设有215米长的轨道，轨道呈"S"形，仿佛坦克一样的战船沿轨道前进。6

艘战船可以同时出征，每艘战船可乘4人，并配备有4支水枪。

站在战船里，拿着水枪开始向对方射击，瞬间你就变成了久经沙场的将军，一场水上大战就此开始。全方位挑战水的"枪林弹雨"，全身心感受清爽激战，畅享动感水域的凉爽与欢乐！

射水战船

五国皇家大马戏

乌金山五国皇家大马戏的演出地位于乌金山景区"狂欢谷演艺中心",占地8000平方米,设有2800个座位,是乌金山旅游景区投资5000余万元打造的华北地区最大的马戏剧场,极致奢华的尖端舞美科技和令视觉震撼的国际一流马戏表演极大地丰富了景区的文化内涵。

五国皇家大马戏团曾在世界各地巡演,足迹遍布美国、意大利、德国、奥地利、日本、罗马尼亚、新加坡等许多国家。如今已将乌金山演艺中心作为永久演出场地。

乌金山五国皇家大马戏主题节目被公认为国际一流水平,演员

俄罗斯皇家马术

狂欢盛宴

第三章 狂欢天地

阵容浩大,场景服饰新颖豪华。来自中国、乌克兰、智利、乌兹别克斯坦、保加利亚等5个国家多名艺术精英同台演绎,把魔术、杂技、小丑等与舞台剧完美结合,制造出超乎想象的奇妙效果。英俊的马术演员娴熟精湛的马上技巧令人拍案叫绝,演员在飞驰奔跑的马背上进行站立、倒立、叠立、跳跃、穿越马胯、地面捡花等各种高难度动作的技巧表演出神入化。生死大飞轮是当今顶级的杂技表演节目之一,表演者在三个急速旋转的飞轮上腾空跳跃、前后翻滚、跳绳、抛接瓶子,甚至蒙面行走,各种超高难度的表演惊险而刺激。环球飞车在直径只有6.5米的圆形铁丝球内,5辆摩托车以每小时80千米的速度交叉穿越,轻松完成与地面90度飞行和360度旋转等高难度动作,两车最小间距仅有50厘米,而时间不能相差0.01秒。在空中绸吊舞蹈节目中,英俊帅气的智利先生和婀娜多姿的乌克兰小姐仅靠一根绸带在空

环球飞车

生死大飞轮

▶ 舞蹈互动

中翩然起舞，伴随着优美的音乐进行高难度的空中表演，真是美不胜收，令人叹为观止。

此外，马戏的主角老虎、黑熊、马、泰迪狗等多种珍奇动物与马戏精英们同台献技更是令人神往。狮子、老虎轮番走秀而功力不凡；笨拙的黑熊跳跃障碍而憨态可掬；聪明的山羊走钢丝、玩倒立同样身手超群；机智的小猴子轻盈灵活，骑单车、玩摩的更是令人大饱眼福……

灯光是乌金山五国皇家大马戏的一大亮点。乌金山五国皇家大马戏演艺中心全部采用国际最先进的特效灯光，以电脑编排手段控制，色彩、纯度和亮度都达到国际一流水准。灯光恰到好处地营造出节目所需要的氛围，或梦幻，或神秘，或遥远，或广阔，色彩缤纷的灯光效果为观众带来前所未有的视觉享受。

圆形舞台，360°无死角观看让观众的视野更加开阔。

舞美设计与服装道具制作色彩丰富、新颖怪异，并紧扣节目内容，大胆采用了荧光灯装饰，极大提升了观众的心理与视觉需求。

五国皇家大马戏整场表演流畅欢快，情节刺激多变，极具创意和观赏性。目前，五国皇家大马戏已经成为乌金山旅游景区一道亮丽的风景，同时也是乌金山旅游景区的一张特殊的名片。

空中绸吊

小丑互动（魔术）

"五国皇家大马戏"演出节目单

1. 开幕式——狂欢盛宴（Opening Ceremony）	全体演员
2. 俄罗斯皇家马术（Royal Horse Riding）	乌兹别克斯坦
3. 小狗当家——驯狗（Dogs Showing）	中国
4. 空中绸吊&舞蹈（Hanging Fly&Dancing）	智利、乌克兰
5. 环球飞车（Flying Motorcycles）	中国
6. 熊出没——驯熊（Bears Showing）	中国
7. 魔术——美女变老虎（Magic—Beauty Change to Tiger）	乌克兰
8. 小丑互动——魔术（Clowning—Magic）	保加利亚
9. 生死大飞轮（Flying Wheel）	中国
10. 川剧变脸（Sichuan Opera Face）	中国
11. 五虎争霸——驯虎（Tigers Showing）	中国
12. 舞蹈互动（Dancing With Audiences）	乌克兰
13. 小丑互动——欢乐凳（Clowning—Play with Audiences on the Chairs）	保加利亚
14. 空中大飞人（Trapeze）	智利、乌克兰
15. 闭幕式（Closing Ceremony）	全体演员

五虎争霸

高空玻璃栈道

在乌金山狂欢谷这条峡谷中,举目仰望,就可以看到犹如一道彩虹般的高空玻璃栈道。乌金山高空玻璃栈道横跨狂欢大峡谷,全长238米,宽2米,平均高度58米。这座栈道于2017年年底开工建造,2018年"五一节"开始运营,前后历经半年时间。

乌金山高空玻璃栈道是山西晋中地区唯一一座跨越式玻璃栈桥。桥面每平方米荷载350公斤,即每平方米可容纳7个成年人同时经过,具有极强的耐压、耐磨、抗冲击的特性。走在上面,虽惊险刺激,但非常安全。

游客可站在透明的桥面体验悬于半空踏云而行、无翼而飞的快感,也可以在声光电区体验惊心动魄的感官刺激。乌金山高空玻璃栈道主体采用三层钢化玻璃,部分采用声光电技术、感应玻璃破碎等特效刺激,在惊险恐惧里寻求别样的快乐。

乌金山高空玻璃栈道悬于两山之间,云天之上,透过身侧和脚下明亮的玻璃,鸟瞰乌金山狂欢大峡谷,其中景物尽收眼底。脚下万丈深渊,头上白云缭绕,身后远山起伏,眼前阡陌桑田,真似一

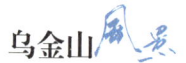

幅秀丽无比的山水长卷。走在桥上，虽然胆战心惊，但别有一番情趣在心头。

山外山大酒店

K U A N G H U A N T I A N D I

山外山大酒店是一家集餐饮、住宿、度假、商务、休闲、康体娱乐为一体的大型综合性四星级酒店。酒店位于乌金山国家森林公园内，环境优美，配套设施完善，是休闲度假、举办会议培训、大型宴会的理想场所。

酒店占地面积50000平方米，建筑面积33000平方米。共有东西两座楼宇和24栋别墅，其中东楼主要是豪华套房和餐饮以及会议室。

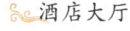

酒店大厅

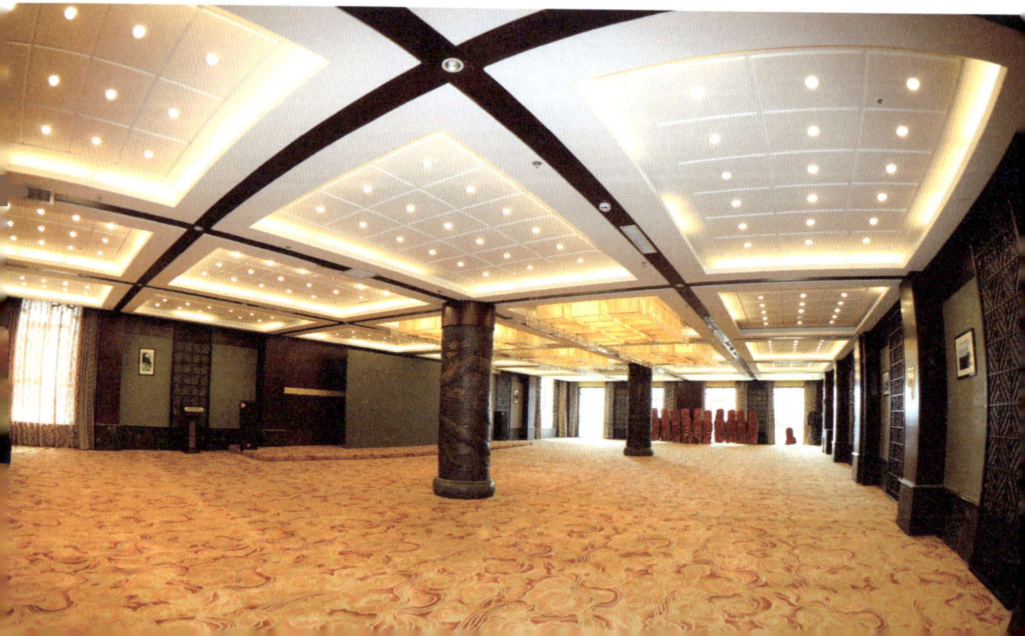

西楼除客房外还设有商务中心、大堂吧、休闲区等配套设施。

酒店门外设有大型灯光音乐喷泉广场。酒店的停车场宽阔平坦，分为两处：其中小型车停车场可停泊150辆中小型车辆，大型车停车场可停泊30辆旅游大巴。

酒店整体建筑外观古朴、典雅，内部装饰豪华、庄重。从空中俯视，宛如一条巨龙横卧在美丽的乌金山上。

客房区

酒店客房

酒店共有客房201套，设有标准间150套，单人间38套，行政套房5套，豪华套房8套等房型，共计351个床位。可满足不同宾客的住宿需求。

餐厅

酒店会议室

酒店设有大、中型会议室6个，其中大型会议厅2个，其一面积为1200平方米，可容纳1500人开会；其二多功能厅面积为340平方米，可同时容纳300人左右举办各种活动。会议室配有大型投影

豪华套房

仪、进口音响、无线话筒、台麦等设备；中型会议室4个，面积约150平方米，每个都能容纳50人左右，可同时承接多个会议。

酒店会议室

山外山大酒店

酒店餐饮、宴会、包间

酒店可同时提供800人就餐。其中设有豪华包间11间，每间可容纳十余人就餐；设有超大豪华包间1间，有容纳22人就餐的喷泉旋转餐台。自助餐厅可容纳180人就餐，咖啡厅可容纳120人就餐，宽敞明亮的宴会大厅可容纳400人就餐。

酒店休闲区

酒店配备有室内游泳池，四季恒温，并设有男浴区和女浴区。还有乒乓球台、豪华休闲沙发及各种小型游乐项目，紧挨游泳池设有休息区。

 乌金山风景

另设有室内大型景观区域，布置有大型绿色景观植物、喷泉、假山等景点。点缀于草坪之间的是步道、回廊和休闲区域，使您足不出户即可体验到四季如春的感觉。

别墅区

酒店别墅共24栋，由20栋单排和4栋叠加式别墅组成，南北朝向，南入户，四面花园，装修风格以中式田园风为主。单排别墅配有两室一厅、三卫、书房及厨房，房间设施配备齐全；叠加式别墅配有三室一厅、四卫、书房及厨房，房间设施配备齐全。

酒店及别墅周边环境

酒店地处森林公园内，众多的旅游景点星罗棋布，周边有龙王庙、太清宫、九峰塔、水晶院等。更有惊险刺激的大型游乐场——乌金山狂欢谷和大型体育场——乌金山李宁国际滑雪场坐落于山谷之中。周边四季景致美不胜收，春季山花烂漫，夏季绿树葱茏，秋季红黄交错，冬季白雪皑皑。尤其夏季，山下酷热难熬，而这里却凉风习习，是休闲避暑的绝佳场所。

山外山别墅

七星楼

　　七星楼位于乌金山旅游区的中部，采取平面建筑形态，成折角十字形状，外观七层外加二层阁楼。一至七层由每边26根红柱支撑，16个高高翘起的檐角凌空欲飞，楼的层面由灰褐色瓦覆盖，显得古老庄重，质朴典雅。其前后左右走廊与主楼相通，屋檐重叠，翘角飞举，显得舒展大方。楼层外绘有翔龙飞凤、云纹花草，以及人物故事等图案。站在七星楼四周的回廊上远眺，景区风光尽收眼底。如果登临顶层，可南瞰榆次，北望太原，东瞻太行，西俯汾河。

　　七星楼为仿明清建筑风格，占地面积1069.33平方米，建筑面积

7899平方米，共七层，高55米。

七星楼色彩绚丽，雄奇多姿，与周边自然环境有机结合，相互映衬，互为景观，成为乌金山景区内的标志性建筑。

七星楼是乌金山景区的餐饮服务中心，是游客就餐、休息、登高望远的最佳去处。

七星楼餐饮区

七星楼回廊

乌金山李宁国际滑雪场

　　乌金山李宁国际滑雪场位于乌金山国家森林公园景区东北部，东临杨庄旧村，西毗神坛，南连太清宫，北与寿阳县接壤，优良的雪质、壮美的景色、宜人的气候使这里成为冬季旅游度假胜地。滑雪场总面积30万平方米，最高海拔1435米，垂直落差228米，分为核心滑雪区、嬉雪怡情区、休闲服务区、基础设施区四大部分。核心滑雪区共有15条滑雪道，总长度约7000米，包含初级道3条、中级道6条、高级道5条、雪圈道1条；嬉雪怡情区包含2万平方米的冰雪主题乐园和雪上飞碟道；休闲服务区包括滑雪服务大厅，主要为滑雪者提供租赁及餐饮服务等；基础设施区设有3条魔毯和2条缆车，运力可达4800人次/小时。滑雪场可同时容纳2000余人滑雪、娱雪，日接待能力可高达7000人次。

乌金山风景

第四章 历史遗存

据考古资料载：新石器时代就有人类在乌金山一带活动，留下了许多文化遗存。随着历史的更迭，更留下了一大批古战场遗址、古驿站遗址、古佛寺遗存和碑碣石雕遗存。即使在解放战争中，党和国家领导人在乌金山一带指挥解放太原战役中，也留下了指挥部、后方医院及烈士墓等一大批红色文化旧址，由此可见，乌金山文化源远流长。

乌金山风景

新石器遗址

流村、峪头、苏村古文化遗址：位于乌金山镇流村、峪头村、苏村一带，为新石器古文化遗址，发掘有红陶、灰陶、彩陶等。

后沟古文化遗址：位于沛霖以北后沟村东半坡上，发掘有古陶窑、灰陶片等。

四角坪古文化遗址：位于乌金山四角坪，东西宽1500米，南北长2000米，属新石器时期遗址，发掘文物有红陶、彩陶等。

流村古文化遗址

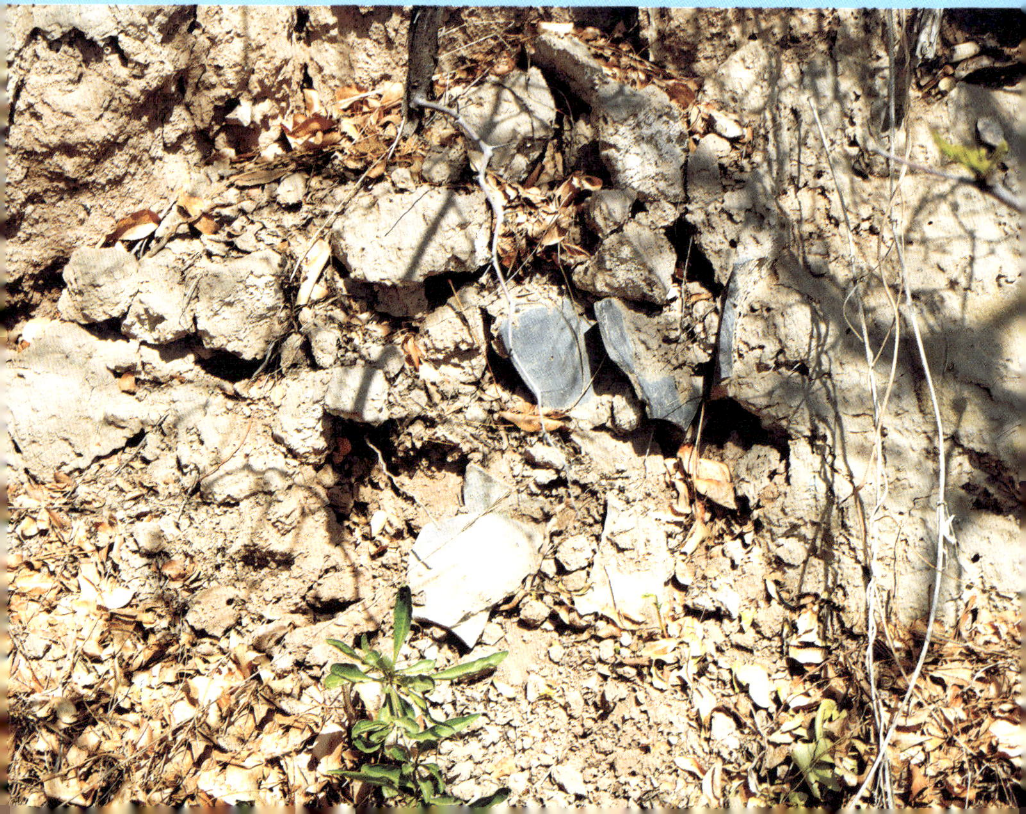

古战场遗址　　北后沟古文化遗址　　苏村古文化遗址

古战场遗址

古战场遗址位于乌金山之卧虎山。唐末,沙陀人李克用进攻太原,与振武军节度使契芯璋战于此,这里为著名的古战场。

孟良古寨,位于乌金山西北,平地泉村正东之佛移山,相传为北宋时抗金名将杨延昭的部将孟良驻军的地方,后人称此山为"孟良山"。

古驿站遗址

鸣谦(今乌金山镇政府所在地)古为驿站,居京省官道要冲。明洪武三年(1370年),鸣谦建驿馆,天顺元年(1457年)初,增建了周长3里的驿城。嘉靖二十年(1541年),俺答大掠榆次近郊,鸣谦驿遭到严重破坏。次年,重新修复了城墙。清代,康熙帝巡晋,曾驻跸鸣谦驿站。

峪头古文化遗址

古佛寺遗存

乌金山古佛寺遗存甚多,除前面提到的水晶院寺庙群、龙王庙寺庙群、太清宫寺庙群、华严寺、镇寿寺、和合寺等寺庙以外,还有海螺山的洪圣寺、东沙沟的文昌庙、高壁村的资圣寺、郑家庄的千佛寺、东左付村的圣安寺、东蒜峪的崇建寺等寺庙。

其中高壁村的资圣寺为明代建筑,有正殿三间和东西配殿、天王殿各三间,院内有唐柏和经幢。

此外,流村的太平桥、志村的琉璃塔等都是具有历史价值的古建筑遗存。

碑碣遗存

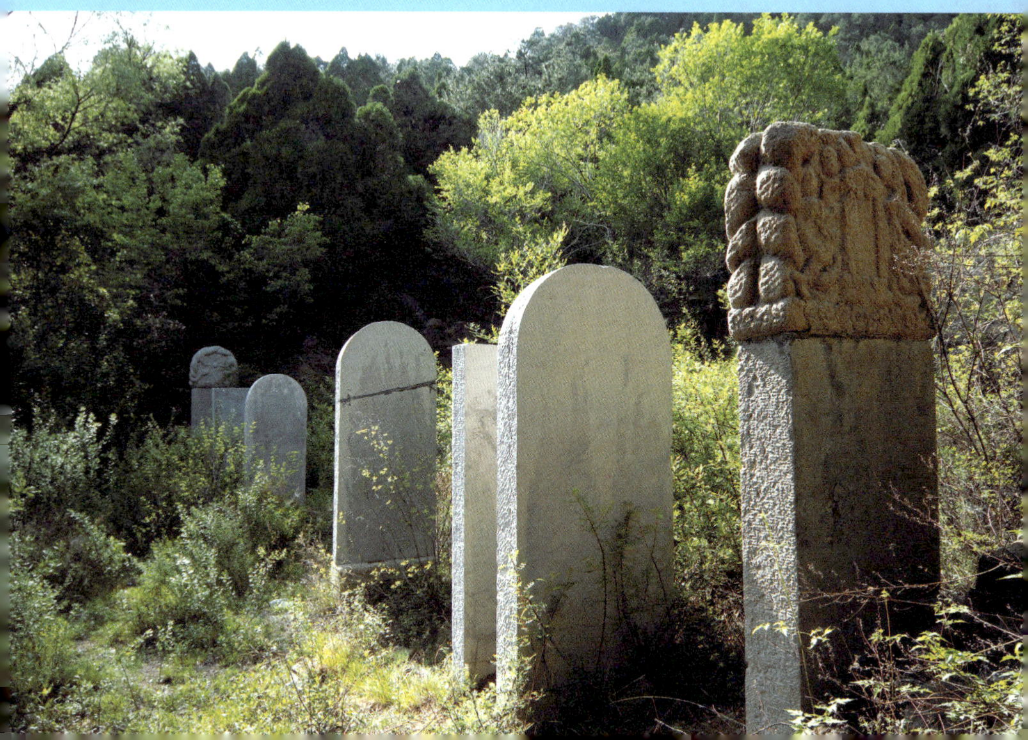

碑碣石雕遗存

石碑：乌金山紫金山华严寺有青石碑5通，为明清时所立。大洪山镇寿寺有石碑11通，大都为明、清碑。高壁村资圣寺有青石碑7通，为明代所立。

石雕：大洪山镇寿寺侧有幽冥洞，洞内有宋代造像，现存10尊，3尊完好，7尊有不同程度的损毁。

摩崖造像：在乌金山镇东沟半山腰有驴角大仙摩崖造像，此造像系宋代镌刻，有两处损毁较严重。

革命战争旧址

榆次（路北）八路军工作团旧址：位于乌金山镇东蒜峪村，设立于1938年4月。现存窑院一处，半沟窑数眼，大槐树院一处，为市（区）级文物保护单位。

榆次（路北）八路军工作团旧址

太原战役前敌委员会旧址

太原战役前敌委员会旧址：位于乌金山镇大峪口村，设立于1949年4月，总指挥为徐向前。1949年4月5日至7日，前敌委员会在该村召开会议。前委副书记周士第、罗瑞卿，八路军副总司令彭德怀和150余位师级以上干部参加了会议。

太原战役后方医院旧址及无名烈士墓：位于乌金山镇西蒜峪村，为二进四合院，清代建筑，保存完好。村东约一里许，有一无名烈士墓，葬有30余位在太原战役中负伤经后方医院抢救无效而牺牲的革命烈士。

第五章 名人传略

乌金山自古以来就以其绚丽多姿的景色、美丽动人的传说、悠久厚重的历史为人们所乐道。其实，乌金山还是一座英雄的名山，这里曾走出过后汉开国皇帝刘知远、汉人成佛第一人唐代"空王佛"田志超、清代湖北提督张彪等历史人物，尤其值得我们景仰的还有我党早期无产阶级革命家韩麟符和抗日英雄高国杰也都生于斯，长于斯。

刘知远

刘知远（895—948年），先祖是少数民族沙陀部人。大唐中和初年（881年后），刘知远的父亲带领全家迁居到榆次乌金山镇西左付村，以后他的母亲安氏就生下了他和刘崇信及异父弟慕容彦超。

刘知远年轻的时候不爱说话，生得一副古铜色的皮肤，眼睛瞳仁特别大，让人一看就觉得气度不凡。

刘知远16岁投军，有一次在晋阳南郊区放马，遇到鸣李村农家女李三娘，他当时就被李三娘的美貌所吸引，于是与李三娘结为夫妻。后来刘知远归附了石敬瑭，在晋王李克用部下服役。

后梁龙德二年（922年），李克用的部将李嗣源与梁朝将领戴思远在德胜地方作战。在这次战斗中，李嗣源的部将石敬瑭的坐骑马甲断裂，情况十分危险。在这危急关头，刘知远把自己所骑的马让给了石敬瑭，并且步行保护他返回营地。这以后他就得到了石敬瑭的重视。

刘知远

后唐同光四年（926年），李嗣源继承了后唐的皇位，也就是后世所称

的唐明宗。石敬瑭是明宗的女婿，这样一来也就跟着他的老丈人显贵起来。

长兴三年（932年），石敬瑭当上了北都（太原）的留守，同时兼河东节度使，大同、振武、威塞等军番汉马步总管，就把刘知远提升做了都押衙。

应顺元年（934年），潞王李从珂造反。闵帝李从厚出奔卫州，遇上了石敬瑭。闵帝李从厚向石敬瑭问平叛之计，石敬瑭长叹不语。闵帝埋伏了甲兵要杀石敬瑭，幸亏刘知远率领兵马及时赶到把他救了出来，才保得平安。也就是这一年，潞王夺得了皇位并称末帝。末帝怀疑石敬瑭有异心，就下旨调任他为天平节度使。石敬瑭称自己有病不能赴任。刘知远劝石敬瑭说："明公久将兵，得士卒心，今据形胜之地，士马精强，若称兵传檄，帝业可成。"

于是，石敬瑭就向契丹求援，答应自己要向契丹称臣，尊契丹为父，同时还要割让燕云十六州给契丹。这时，刘知远劝说石敬瑭："称臣还可以，像对待父亲一样太过分了，多给金银财帛贿赂

他可以，但不能答应给他们土地。那样一来，日后就会给国家带来祸患，后悔也来不及。"石敬瑭没有听从刘知远的劝说。

末帝得到石敬瑭叛乱的消息，就派兵包围了晋阳。石敬瑭让刘知远做马步军都指挥使抵御唐兵。时隔不久，契丹的救兵也来到了，唐兵终于败去。这样，石敬瑭在刘知远的鼎力相助下夺得了天下。

石敬瑭称帝，为晋高祖。天福二年（937年），刘知远迁升为侍卫马步军都指挥使。天福六年（941年），石敬瑭让刘知远做北京（晋阳）留守，河东节度使。次年（942年），出帝石重贵继位，和契丹绝盟，拜刘知远为中书令，封太原幽州道行营招讨使，北面行营都防。

开运二年（945年），刘知远被封为北平王。次年（946年），契丹举大兵攻入汴州，晋朝灭亡。开运四年（947年），刘知远在晋阳即位，更名刘暠，建国号为汉（史称后汉），刘知远就是后汉高祖。第二年（948年）刘知远崩，他的儿子承祐继位，改元乾祐。乾祐三年（950年），后汉灭亡。

天缘亭

李三娘

李三娘（约906—954年），榆次乌金山镇鸣李村人，出生在一个贫苦的农民家庭，从小勤劳能干，十来岁起就能够帮助父母耕田织布。那时，也就是刘知远刚刚参军还是一个小兵的时候，有一次他在晋阳南郊区放马，正遇上李三娘帮助家里做提水沤麻秸的农活，一见钟情便娶李三娘为妻。不久，生下了一个儿子，也就是隐帝刘承祐。

李三娘

清泰三年（936年），石敬瑭当上了皇帝，把刘知远加封为侍卫亲军都虞侯，同时领保义军节度使，李三娘被封为魏国夫人。

开运四年（947年），刘知远在晋阳起兵，建立后汉，做了后汉的皇帝，想向百姓搜刮钱财，奖赏他的将士。李三娘规劝说："陛下你是因为有了河东这一块基地才创下了大业，但你还没有给这里的老百姓带来什么好处，就对他们横征暴敛，这就不是一个新天子拯救百姓之意了。现在你可以把宫里的财物全部拿出去犒劳军队，虽然不够丰厚，但却不会引起人们的怨言。"刘知远采纳了李三娘的意见，于是就把内府积蓄的财物都拿出来赏赐给将士。由于没有给当地百姓加重负担，所以赢得了军民的拥戴，人们争着来归附他。

刘知远当上后汉皇帝，立李三娘为皇后。次年（948年）正月，刘知远辞世，他的儿子刘承祐继承了皇位，称隐帝，册封他的母亲李三娘为皇太后。

隐帝刘承祐即位的时候才18岁，不知过问朝政，经常和不谋正业的郭允明、李业在宫中游戏。太后李三娘多次责备他们，让他们务正。隐帝却说："这是国家的事情，对外有朝廷负责，不是太后应该管的。"隐帝刘承祐没有听李三娘的劝说。

乾祐三年（950年），隐帝刘承祐与郭允明、李业谋划，要诛杀三名顾命老臣。太后李三娘知道了这件事后，极力劝说阻拦，使隐

帝的谋杀没有得逞。

当年的十一月,隐帝终于杀害了顾命老臣中书侍郎兼吏部尚书同中书门下平章事杨邠、侍卫亲军都指挥使史弘肇、三司使王章及其家族,并株连了枢密使郭威的家属。郭威从河南邺城带兵造反,这时隐帝想引兵和郭威决战,太后李三娘阻止说:"郭威本来就是我们家的人,不是他感到危险,怀疑朝廷,哪里会到了今天这种地步!现在如果按兵不动,发下诏书责问郭威是因为什么,郭威一定会有个说法,那样君臣各自的地位都可以保全。"

隐帝不听李三娘的劝说,一定要和郭威兵戈相向,终于兵败被

杀，最终也招致了后汉的灭亡。

　　郭威引兵进入汴都，请太后临朝，像对待自己的亲生母亲一样对待太后李三娘。

　　乾祐四年（951年），太后李三娘诏告天下，推举郭威为帝（即周太祖）。郭威赐李三娘尊号为昭圣皇太后。

　　刘知远和李三娘的故事流传甚远，早在宋代的话本《五代史平话》中就有他们的记载。金代又有《刘知远诸宫调》，元代刘唐卿也作有《李三娘麻地捧印》杂剧（现已遗失）。后由永嘉书会才人根据以上传说所写的剧本《白兔记》，被称为"宋元四大戏文"。这些都为我们了解和研究刘知远和李三娘提供了一些途径。

田志超

田志超（571—641年），俗姓田，名志超，榆次乌金山镇田家湾村人，后因涧河水患移居源涡。志超生于南朝陈宣帝太建三年（571年），出身普通农家，从小聪慧过人，精励不群，稚量标远，有志于佛。17岁参加乡试得第二名乡贡进士，但其无意仕途而一心向佛。次年，志超离家到乌金山镇寿寺世空和尚处当了善友。因多做善事，当地人称其为"田善友"。不久志超就到五台山削发为僧，随后又返回镇寿寺悉心修道。期间志超见镇寿寺狭小破旧，便

化缘集资将此寺翻修一新。翻修过的镇寿寺建有观音殿、千佛殿、大雄宝殿等。此后志超即离寺云游四方,悉走南北大寺,遍访佛学大师,虚心以学,尽求完善,后又回到镇寿寺修行。直到27岁时,志超离开镇寿寺,到太原开化寺从师慈瓒禅师。寺中每有苦役,必身先事之,颇受禅师赏识。

志超在开化寺期间,曾受慈瓒禅师之命,赴河北定州"寻采律藏,括其精要,删其繁杂"。完成此行回到开化寺后不久,慈瓒禅师圆寂,志超又重返乌金山,依岩综习,悉心于佛事。此后志超即在太原之西北创立禅林。

隋朝初年,官府对佛教十分苛刻,号令全国各地关闭寺门,不许僧众进出活动。志超愤慨,并准备向炀帝进谏,便来到京师长安。但志超到长安以后被一些官员百般刁难予以阻挠,志超无法进入朝廷。后来他听说隋炀帝前往江都巡幸,志超便不辞辛苦跟随前往。但内史也以不敢破例为由,不为他引见。志超无奈,愤然返回故里,仍回乌金山镇寿寺。

义宁二年(618年),唐高祖李渊称帝,志超率弟子20余人奉命到京城祝贺。高祖李渊非常高兴,待之若仙。拉着他的手登上太极殿,用最高规格的礼仪接待他。并让左仆射魏国公裴寂在家里特别腾出一处宅院供志超下榻。

次年,志超应蓝田山化成寺沙门灵润、智信、智光等高僧的邀请,前往蓝田山与其交流探求妙崇心学的心得。他们志同道合,一见如故,志超在蓝田山一住就是三年。

武德五年(622年),志超返晋,在汾州介山抱腹岩禅定。并聚集禅侣,终日精研佛经,诲人不倦。介休县为他建造了光严寺,规模宏大，极其壮观。贞观十五年（641年），志超坐化，享年71岁。宾主齐恸。后佛界对志超有"奉敬戒法，罕见其俦；护慎威仪，终始无替"的评价。唐代道宣撰《续高僧传》卷二十《释志超》中有"自隋唐两代，亲度出家者近一千人范师，遗训在所闻见传者"等语。

唐太宗李世民赐志超号为"空王佛"，成为我国佛教史上汉人成佛第一人。

盖聂

盖聂

盖聂，战国末期人，生卒年不详，祖籍榆次聂村。盖聂不是其名，是民间送给他的绰号。盖聂姓赵，名成。相传赵成15岁那年，聂村、聂店两村在乌金山脚下开场比武，周围村庄观者甚众。两村几十名习武青年轮番比试，赵成技压群雄，得了第一。所以村人送他一个艺名叫作"盖聂"，即"武艺盖两聂"（聂村、聂店）之意。

一说盖聂倾慕战国时期四大侠客之一的聂政，因此自己取名为盖聂，取效仿并超过聂政之意。

盖聂是战国末期名闻诸侯的剑侠。

是时，卫国人荆轲颇喜读书、击剑。闻盖聂以剑术著称于世，遂不远千里到榆次拜访。盖聂坦诚相待，曾与荆轲一起游历风景秀丽的乌金山,并住在海窨院旧址,在现水晶院前小游园和现天缘谷大慧石处朝夕与之切磋剑艺。

盖聂虽知荆轲非等闲之辈,但惜其剑术不精,便有意悉心指点,并全力教授。然而,他发现荆轲的志向似不在剑术,而是要学苏秦、张仪游说诸侯,日后佩带相印,因而习剑不在乎精。盖聂知其意在沽名钓誉,遂好言相劝,但荆轲不以为意,盖聂不悦,遂斥之以狂。当夜荆轲不辞而别,驾车自去。

《史记·刺客列传》载:"荆轲尝游榆次,与盖聂论剑。"说的就是荆轲到榆次与盖聂学剑的这一段经历。

后来,荆轲被燕太子丹尊为上卿,托他借进贡之机,刺杀秦王嬴政。荆轲应允,遂在易水之滨与送行者燕太子丹和高渐离举杯诀别,并留下了"风萧萧兮易水寒,壮士一去兮不复还"的千古绝唱。但终因其剑术不精,行刺秦王不成而被

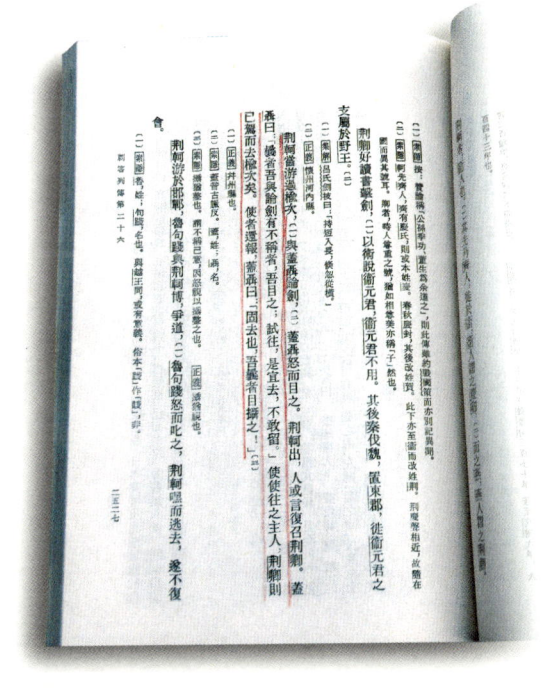

《史记·刺客列传》第26卷

杀，应验了其"不复还"的预言。

是时，侠客鲁勾践评论荆轲云："嗟乎，惜哉！其不讲于刺剑之术也。"如果荆轲跟随盖聂悉心学剑，荆轲刺秦王的历史或许就要重写。

张彪

张彪（1860—1927年），字虎臣，榆次乌金山镇西左付村人。张彪从小就没有了父亲，家境十分贫寒。张彪少年，孤儿寡母尝尽了人世间的艰苦辛酸。很小的时候，张彪就以从煤窑上运煤挣钱养活自己和母亲。9岁时母亲也去世，由于家中贫寒无钱出丧，他只得把母亲就近掘土埋葬。母亲去世之后，

张彪

张彪就离开家外出谋生。光绪六年（1880年），张彪到了太原，投补抚标兵额，参加了武童试，被选为"戈什哈"。当时，张之洞任山西巡抚，他见张彪身强力壮，又一表人才，于是就把他选拔为随身侍卫。不久张之洞又把身边的婢女认作义女嫁给了张彪，并且把

张彪当作自己的心腹。光绪十五年（1889年），张之洞升任两广总督，不久又调任两湖总督。期间暂署两江总督，创办"自强军"，由张彪督办，为中国近代新式陆军的开端。张之洞在湖北任职时，正好赶上汉口地区发生了严重的水灾。张之洞为绝除水患，欲改修湖西堤防为大堤，便委任张彪为督修。张彪接到任务后，事必躬亲，"勤苦精密"，致使工程顺利竣工，扼制了水患。这项工程被当地人称为"张公堤"。随后，张彪又监督修建了武泰、武丰两个制水闸。这两项工程在张彪的监督下修得都非常坚固。光绪二十三年（1897年），张彪受张之洞的派遣，赴日本考察军事政务以及军营和枪炮等许多事项。通过这次考察，张彪的才能得到了很大的提高。光绪二十六年（1900年）后，张彪在湖北创建并训练鄂军，被授予"壮勇巴图鲁"称号，并委任他管理将弁学堂。他为学员"改编制，易章服，选择器械"，尽心尽力，因此被授予湖广督标中军副将衔。光绪三十二年（1906年），张彪升任四川松潘总兵官。就在这一年，朝廷把他创练的鄂军编为陆军第八镇，任命张彪为八镇统制官。这年秋天，朝廷南北两军在河南彰德府会操，张彪任南军总统制官。会操完毕，张彪因成绩显著被加提督军衔，并且总督办湖北全省的制皮、制毯、制呢厂等事务。光绪三十四年（1908年），南北两师再一次会操于安徽太湖县，会操完毕，清朝政府授予张彪"奇穆钦巴图鲁"，补授湖北提督，并总办湖北讲武学堂。宣统二年（1910年），湖南地区发生米荒，灾民酝酿暴动，张彪率领军队前往湖南镇压难民暴动。第二年，四川发生了激烈的护路风潮，清政府任命原直隶总督端方为川汉铁路大臣、钦差入川镇压。端方路经武昌，调遣大部分鄂军入川，致使张彪驻扎的湖北军力空

虚。原来，从光绪三十三年（1907年）起，张彪所创建的鄂军即开始被一次又一次地调到其他地方去。安徽巡抚恩铭被刺后，鄂军的一部分被调到安徽省。之后，又有一部分调往岳州。辛亥革命前夕，武昌城里就只剩下了工程、辎重等兵种。宣统三年八月十九（1911年10月10日）晚8时，武昌城里，工程兵第八营后队正目熊秉坤开枪示变，工程兵很快占领了楚望台军械库。随后，各路起义军进攻总督衙门，总督瑞澂逃遁。充任湖北提督兼陆军第八镇统制的张彪率领一千多名士兵与起义军展开了巷战，巷战一直进行了两天，难以抗拒人数众多的起义军，张彪于是就率领部队退出武昌，渡过长江退到汉口刘家庙一带。这时，清朝政府派出的陆军大臣荫昌以及冯国璋所率领的增援军队赶到，在刘家庙、大智门一带遇到了起义军。义军不敌，退出了汉口，扼守汉阳。张彪率领部队先行夺回了龟山炮台，然后又与援军一起占据汉阳，起义军被迫退回武昌。

　　南北双方议和后，清朝灭亡，民国政府成立，张彪卸职东渡日本。

　　民国元年（1912年），张彪回国，在天津日本租界内买了20亩地，修筑了"张园"。张彪在"张园"里修建了一座三层大楼，命名为"平远楼"。民国十三年十一月十八（1924年12月4日），孙中山偕夫人宋庆龄从上海抵天津住在张园27天，至十二月初六（12月31日）离开，去往北京。次年，也就是1925年，末代皇帝溥仪被赶出北京，与皇后婉容、淑妃文绣居住在天津张园。张彪每日为皇帝、皇后洒水扫地，以尽"事君"之道。1927年，张彪病故于天津。张彪在民国政府成立以后，曾被民国政府聘为高等顾问，授予陆军中将军衔，并奖给一等大绶嘉禾章。

赵虎臣

赵虎臣（1897—1944年），后化名赵选，榆次乌金山镇东左付村人。他出身贫寒，自幼爱好武术，曾与东长凝人郑世恒，南沙沟人郑梦芝两位武术名家拜为结义兄弟。后赴天津比武，在榆次一带颇有威名。

民国十一年（1922年），赵虎臣投军入伍，任晋军第二路司令、陆军第十旅旅长蔡荣寿的马弁。民国十四年（1925年），国民军樊钟秀部队经峻极关攻入山西辽县，蔡荣寿兵败，赵虎臣即离开蔡的部队到口外做保镖。

民国十七年（1928年），赵虎臣到平定任教。民国二十六年（1937年）初，赵虎臣入牺盟会，投身抗日救亡。是年冬，在平定县组建一支140余人的抗日游击队，任队长。11月，率队参加了广阳伏击战。嗣后，他进入"晋中特委学习班"接受培训，并加入中国共产党。当时，晋中特委在和顺县石拐村组成中共寿阳（路南）抗日县政府，赵虎臣为首任县长。他带领政府一干人，相继组建围后、景尚两个区政权和县警卫大队。8月，调任河北省永年县抗日县长兼县大队队长，此时化名赵选。是年，国民党军队败退，日军于10月8日侵入永年县城近一个月，然后撤出，继续向南进犯。日军撤走后，赵选带领干部发动群众，开展武装斗争，主动出击消灭土匪，全县局势逐渐好转。11月，日军二次攻占永年城，赵选率领干部和部队撤退到城东开展游击战。随后转移到县北五湾、二庄一带重建根据地。当时财政极其困难，赵选亲自掌管财务，节衣缩食，以140元经费竟能支持30余人4个月的开支。其间，他的部下从来没有拿过群众一针一线。赵选病倒，群众送他一只鸡，他立即让警卫员退还。他身体虽然有病，但依然辛勤工作，宣传组织群众抗日剿匪，一举歼灭了欺压勒索百姓的两股"黑团"势力，并将缴获的白面、肉类、粉条等物资分给当地群众。"黑团"头目被镇压后，群众称赞赵县长："比旱天下了四指雨还好！"

韩麟符

韩麟符（1900—1934年），原名致祥，字瑞五，笔名小工、蜂子、岚光等，榆次乌金山镇苏村人，中国共产党早期革命家。韩麟符早年入天津南开中学学习。五四运动时，他以天津学联主席的身份领导天津学生运动，与周恩来相处甚密，在学生界德高望重。并曾主办《新生》《向明》等刊物。

韩麟符

民国十年（1921年），韩麟符入北京大学文学系学习，结识了李大钊，由李介绍加入中国共产党。并在李大钊的领导下先后到北京蒙藏学院宣传马克思理论。云泽（乌兰夫）、奎壁等人均由韩麟符与李勃海介绍加入中国共产党，并建立了内蒙古地区第一个党支部。

韩麟符也常前往天津开展工作，并于民国十三年（1924年）创建了社会主义青年团天津地方执行委员会，韩麟符任主席。

中国共产党第三次全国代表大会以后，遵照会议决定，韩麟符以个人名义加入了国民党，并以北方区代表的名义，同李大钊、张国焘参加了国民党"一大"，韩麟符被选为国民党候补执行委员。孙中山逝世，治丧委员会派韩麟符为第一组守灵人之一。

民国十四年（1925年），韩麟符遵照中共北方区委指示，组建中共热河工作委员会。当年10月，西北农工兵代表大会在张家口召开，韩麟符被大会代表推举为副书记（书记为李大钊）。之后，他又被派到冯玉祥的部队中从事统战工作。他征得中共北方区委的同意，当年冬天建立起三个骑兵纵队，其中除第一纵队外，第二、第三纵队司令均由共产党员担任。

民国十五年（1926年）1月，韩麟符参加了国民党"二大"，再一次当选候补中央执行委员，并任黄埔军校教官，常到广州农民运动讲习所讲课。7月，国民革命军誓师北伐，韩麟符随国民政府到武汉工作。

在第一次国共合作期间，韩麟符出任过全国童子军总司令。此后，他又参加了八一南昌起义，担任部队党务委员会委员，并随总指挥部南下广州，在潮汕地区遭遇国民党军队围攻而与指挥部走散。嗣后回到天津找到顺直省委。

民国十七年（1928年），韩麟符与郑丕烈到热河潮阳县潮阳寺一带活动，组织农民自卫组织——联庄会，准备举行暴动，被热河省政府主席汤玉麟发觉，遂派武装部队搜捕，农民暴动中途夭折。

民国十八年（1929年），军阀石友三委托其参谋长杜真生购买25万元的军火武器。韩麟符提议"军阀的钱是取之于民的，用做革命经费是不伤大义的"。于是他与陈镜湖、杜真生将这笔款拨给

中共天津地下党一部分,并在天津开了书店,修复了"大光""渤海"两个电影院,以解决党的活动场所和经费。

民国二十年(1931年),韩麟符在天津法租界与杨兴华举行婚礼,由于叛徒出卖而被捕入北京草篮子监狱。过了两年,由国民党第四十一军军长孙殿英力保出狱,任该部队少将政训处长,并组织学生队。热河沦陷后,劝阻孙殿英进攻抗日同盟军,撤至包头一带驻防,并带领学生队宣传抗日救国主张,着手组织农民武装。韩麟符劝孙殿英率部进西部开垦,创建根据地。民国二十三年(1934年)1月,孙军进攻银川等地,麟符指示学生队离开孙部以保存力量,动员孙殿英部下某营营长田味民(中共党员)赴陕北与刘志丹会合。3月,孙殿英部惨败,韩麟符带妻子回故乡榆次苏村避居。

此时,与韩麟符同时出狱的郑丕烈早已叛变,在特务戴笠手下任职。闻蒋介石悬赏50万元捉拿或处死韩麟符,便经南京特务系统介绍,化装成珠宝商人来到榆次苏村,麟符在村头小庙前遇刺身亡,年仅34岁。2006年,榆次区委、区政府在其墓地修建了韩麟符烈士陵园,以示纪念。

韩麟符一生还勤于写作,著有《老子道德经新解》一书,其他著述散见于《大公报》《益世报》等报刊。1934年,在《国闻周报》上以"决圣"的笔名著文抨击时政。

高国杰

高国杰（1921—1943年），化名康立斋，榆次乌金山镇鸣谦村人，农家出身。17岁时，目睹日军在鸣谦、小南庄烧杀抢掠的暴行，愤恨难平，意欲从军报国。翌年秋，终于说服父亲，奔赴榆次路北县佐公署参加革命并加入中国共产党。不久调榆次路东，先后任牺盟会工作员、区助理员、一区区长、四区副区长之职。他爱憎分明，工作出色，善文能武，深受领导器重和群众爱戴。

高国杰

民国三十二年（1943年），日军为了逮捕高国杰，曾到他家中搜索骚扰，并捕其父高全蛮做人质，欲使高国杰就范。幸得亲戚周旋，以200银洋买通汉奸，其父才幸免于难。事后，日伪报纸刊登了全蛮一家与国杰脱离关系的声明，而国杰抗日意志逾坚。

是年，出于工作需要，国杰由一区区长调任四区任副区长。四区当时为游击区，环境复杂恶劣，但高国杰毫无怨言，欣然就任。是年夏收期间，国杰几次赴北赵村征夏粮款，该村雇佣村长李广裕（南合流村人）与副村长李明俭一再拖延，并暗设圈套，让国杰于农历六月十二日去取款，暗中派郑应元向驻长凝日军告密。是日，国杰按照约定只身来到北赵村，李广裕又以粮款未齐拖延。入夜，日伪军突然包围了北赵村，等国杰发觉已为时太晚。国杰自知不得脱身，便出村公所持手枪还击。不料枪出故障，遂索性徒手扑向日伪军，奋力搏斗，使敌人不能近身。不料李广裕从背后向国杰击一闷棍，国杰昏倒被擒，随即他被押回长凝炮楼地下室。初，国杰绝食，送来饭菜被打翻。后得乡亲规劝，始进食。日军又以美女引诱，被国杰痛骂而去。

日军知国杰难以软化，却又急于从国杰口中得到区上真情，遂施以严刑逼供。用辣椒水灌，红火箸烫，而国杰始终横眉怒目，威武不屈。期间，日军又逼国杰一亲属来劝降，国杰叱问日军："你们的报纸登过消息，他们早已和我脱离关系，还有什么亲属可言？"日军小队长瞠目结舌。

农历六月十八日，日军将国杰押至东长凝大槐树下，村民也被驱赶至此。四周戒备森严。国杰面对父老乡亲，高声慷慨陈

高国杰革命烈士纪念亭

词："北赵的村长、村副是汉奸，转告抗日干部要提防着！"

日军小队长抽出洋刀对准国杰，指令身边的翻译再次劝降。国杰厉声道："我高国杰至死不做亡国奴！抗战必胜！日本鬼子的日子不长了！"

日军用铁钉将国杰的双手钉在树上，国杰骂不绝口。一群日伪军端刺刀向国杰猛刺，国杰壮烈牺牲。事后，郑应元被抗日干部枪决。时隔不久，李广裕窜回南合流村，被四区分委书记杨通活捉，就地处决。并将国杰遗体葬于北赵村，在路东根据地集会悼念。新中国成立以后，国杰遗骨被移回鸣谦村，并树碑勒石。

1952年，榆次县人民法院将李明俭押赴东长凝枪决。

第六章 植被·物种

乌金山具有典型的华北地区太行山土石山区植被特征。据林业普查：乌金山国家森林公园共有物种480多个，其中植物物种330余个，动物物种150余个。尤其值得一提的是乌金山漫山遍野的白皮松为国家二级保护树种；闪金柏为珍奇树种；蒙椴、黑弹朴、本氏木兰为稀有树种；丽豆为濒危树种；雪貂、金钱豹为国家一级保护动物。乌金山生态保护区已经基本形成。

植 被

乌金山国家森林公园地处山西中部的太行山脉,属暖温带大陆性季风气候,植被为干旱、半干旱类型,具有典型的华北地区太行山土石山区植被特征。

1986年,北京林学院专家教授对乌金山的植被生态状况进行过一次较为详尽的调查。调查结果显示,乌金山天然森林植被中共有木本、草本物种330余种。森林植被类型主要有油松林、侧柏林、油松—白皮松—侧柏混交林、侧柏—白皮松混交林、油松—华北落叶松人工混交林等。

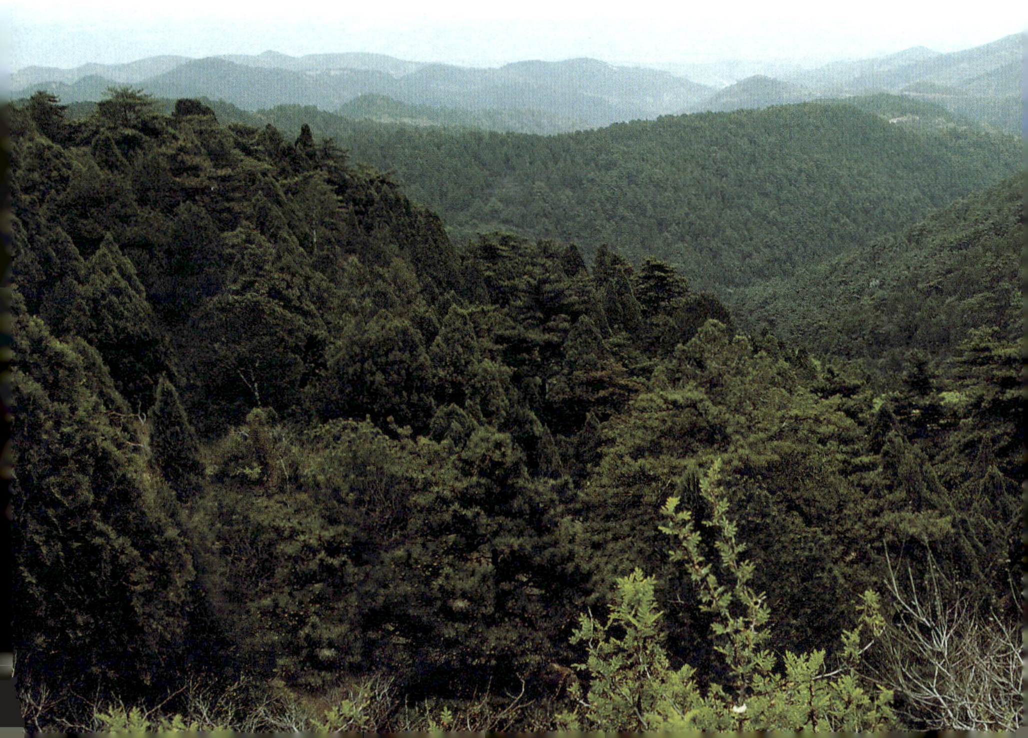

1996年,榆次市(1999年改为晋中市榆次区)"林业生态示范工程总体规划"项目对乌金山植被的调查显示,在有林地中,以油松为优势树种的林地1583公顷,占森林总面积的76.6%;以侧柏为优势树种的林地417公顷,占森林总面积的20.2%;其余为以国家二级保护树种——白皮松为优势树种的林地。林下物种中落叶小乔木或者灌木物种主要有山桃、山杏、虎榛子、六道木、黄刺玫、忍冬、照山白、小叶鼠李、沙棘、河朔荛花、对节刺、锦鸡儿、胡枝子、荆条、丁香、杜鹃、沙荆光花、野葡萄等;草本植物主要有铁杆蒿、苔草、山菊、白羊草、地榆、狗尾草、羊胡子草等。此外还有沙参、党参、甘草、何首乌、知母、黄精、黄芩、穿地龙、苍术等200余种中药材。

绣线菊

金银木

荚蒾

2008年，榆次区林业部门又对乌金山不同海拔、不同地段的森林植被情况进行了科学抽样调查。调查结果显示，乌金山森林类型主要有天然油松林、天然侧柏林、天然白皮松林、天然油松—白皮松—侧柏混交林、天然侧柏—白皮松混交林、天然山杏—山桃混交林、人工油松—落叶松混交林、人工油松林、人工火炬—刺槐—油松混交林。

林下物种中小乔木和灌木主要有黄刺玫、虎榛子、荆条、照山白、丽豆、胡枝子、绣线菊、金银木、六道木、暴马丁香、河朔荛花、沙棘等106种；草类主要有铁杆蒿等。在48个样方中共记录了254种植物，分别隶

山楂

属于76科185属。其中属种数较多的科有豆科（18属23种），菊科（17属31种），蔷薇科（15属28种），百合科（6属9种），唇形科（6属6种），禾本科（6属7种），伞形科（6属6种），藜科（5属5种）等。

在254种植物中，有乔木45种，占总物种数的17.7%；灌木61种，占总物种数的24.0%；草本植物148种，占总物种数的58.3%。其中植物群落类型有：

（1）油松—黄刺玫—虎榛子—草本，主要分布于乌金山海拔1300—1500米之间的森林中，群落总覆盖率为95%。主要优势树种为油松、虎榛子等。

（2）油松—侧柏—黄刺玫—虎榛子—绣线菊—草本，主要分布于乌金山海拔1250—1300米之间的森林中，群落总覆盖率为95%以上。主要优势物种为油松、侧柏、黄刺玫。

（3）油松—白皮松—侧柏—黄刺玫—荆条—绣线菊—草本，主要分布于乌金山海拔1200—1250米之间的森林中，群落总覆盖率为

葛公菜

忍冬

95%以上。主要优势物种为侧柏、油松、白皮松、黄刺玫、照山白以及草本植物。

（4）侧柏—白皮松—照山白—黄刺玫—蚂蚱腿子—草本，主要分布于乌金山海拔1200米左右的森林中，群落总覆盖率为95%以上。主要优势物种为侧柏、白皮松、黄刺玫。

（5）侧柏—荆条—黄刺玫—草本，主要分布于中林山区域，为天然侧柏林，海拔1250米。主要优势物种为侧柏、荆条、黄刺玫。

（6）油松—落叶松—荆条—草本，主要分布于要罗山的人工造林区域，海拔在1250—1300米之间，群落总覆盖率为95%以上。主要优势物种为油松、落叶松、黄刺玫、荆条。

（7）山桃—山杏—丁香—黄刺玫—草本，主要分布于乌金山林区西部区域阳坡，海拔在1250—1300米之间，群落总覆盖率为85%

山桃

青荚儿菜

黄刺玫

以上。主要优势物种为山桃、山杏、黄刺玫、丁香等。

（8）丽豆—黄刺玫—荆条—草本，主要分布于乌金山林区西部区域的沟坡，海拔在1200—1300米之间，总覆盖率为80%。主要优势物种为丽豆、黄刺玫、荆条等。

（9）河朔荛花—酸枣—黄刺玫—草本，主要分布在乌金山南部区域，海拔在1150米左右，总覆盖率为55%。主要优势物种为河朔荛花、酸枣、黄刺玫。

（10）鼠李—蚂蚱腿子—黄刺玫—草本，主要分布于乌金山南侧的裸岩区，海拔在1200—1250米之间，总覆盖率为65%。优势物种为鼠李、蚂蚱腿子、黄刺玫。

物 种

经调查，乌金山国家森林公园共有480余个物种，其中植物物种330余种、动物物种150余种。在植物物种中，乌金山国家森林公园不仅有常见树种，还有稀有树种和濒危树种。在动物物种中，有国家重点保护的珍贵动物。

植 物

乔木

1. **油松**：别名红皮松、短叶松，松科、松属，为乌金山最主要

的树种之一。其活立木蓄积量达52052立方米，占到乌金山活立木总蓄积量的80.05%。

油松

油松的形态特征：乔木，高可达25米，胸径可达1米多；树冠在壮年期呈塔形或广卵形，在老年期呈盘状伞形；树皮灰棕色，呈鳞片状开裂，裂缝红褐色；叶一般为2针1束，长10—15厘米；雄球花橙黄色，雌球花绿紫色，花期4—5月，果次年10月成熟。油松树干挺拔苍劲，四季常春，不畏风雪严寒，在-25℃时仍可正常生长。

2. 侧柏：柏科，为乌金山的又一主要树种，其活立木蓄积量10810立方米，占到乌金山活立木总蓄积量的16.63%。

侧柏的形态特征：常绿乔木，树高一般达20米，干皮淡灰褐色，条片状纵裂；幼树树冠卵状尖塔形，老树广圆形；全部鳞叶，

雌雄同株异花；球果阔卵形，近熟时蓝绿色，被白粉，熟时张开，种子脱出；花期3—4月，种熟期9—10月。侧柏为中国特产树种，适应性强，耐干旱瘠薄，分布广，寿命长，常有千年和数百年以上的古树存活。

3. 白皮松：松科，原名巧家五针松，别名白骨松、三针松、白果松、虎皮松、蟠龙松、蛇皮松，是我国特有树种之一，东亚唯一的三叶松，也是乌金山的主要树种之一。其活立木蓄积量2016立方米，占到乌金山活立木总蓄积量的3.24%。

白皮松的形态特征：常绿针叶乔木，高可达30米，幼树干皮灰绿色，光

侧柏

白皮松

滑，大树干皮呈不规则片状脱落，形成白褐相间的斑鳞状；叶三针一束，针叶短而粗硬，长5—10厘米；雌雄同株异花，花期4—5月；球果圆卵形，2年成熟。白皮松耐旱、耐干燥瘠薄、抗寒力强。其树姿优美，苍翠挺拔。树皮斑驳美观，针叶短粗亮丽，别具特色，被称为松中"皇后"，为世界瞩目，早已成为华北地区城市和庭园绿化的优良树种。北京天安门广场两侧，总政、总参部，香山植物园，奥运场馆绿化用白皮松，均由乌金山移植。

灌木

1. 荆条：落叶灌木，马鞭草科牡荆属，别名牡荆、黄荆、五指柑、土常山等。高1—5米，花期长，6—8月开花，花组成舒展的圆锥花序，花冠蓝紫色；核果球形或倒卵形，果期7—10月。

荆条是北方干旱山区阳坡、半阳坡的典型植被，也具有很高的观赏性。其叶、茎、果实和根均可入药。

荆条又是著名的蜜源植物，其花采集而成的蜂蜜称为荆条蜜，是"四大名蜜"（荆条蜜、枣花蜜、槐花蜜、荔枝蜜）之一。茎皮可以造纸及人造棉。枝条坚韧，为编筐、篮的良好材料。

2. 黄刺玫：落叶灌木，别名刺玫花、黄刺莓、破皮刺玫，蔷薇科。小枝褐色或褐红色，有硬刺。花黄色，花期5—6月。果球形，红黄色，果期7—8月。是北方春末夏初的重要观赏花木，开花时一片金黄，鲜艳夺目。

3. 胡枝子：中生性落叶灌木，别名二色胡枝子、扫条，豆科，高0.5—3米，花冠蝶形，紫色，种子褐色，上布有紫色斑纹。

胡枝子为耐阴、耐寒、耐干旱、耐瘠薄、适应性强的优势物种。其枝叶繁茂，营养丰富，具有重要的饲用价值。此外胡枝子还具有药用价值，茎和新鲜叶中可提取黄酮甙、生物碱、槲皮素、山奈酚、三叶豆甙、必需氨基酸和鞣质。种子中含有儿茶精、表儿茶精、中性脂、糖脂类、磷脂类物质，都具有很高的药用价值。此外，胡枝子也是重要的蜜源植物。

4. 达乌里胡枝子：草本状半灌木，豆科胡枝子属，生于山坡灌丛中、疏林下、丘陵坡地、沙质地、草原地带或海滨沙滩上，高20—60厘米，花冠为蝶形，黄白色至黄色。性耐干旱，较喜温暖，萌生力强，嫩枝叶为优良饲料，全株可入药。

六道木

5. 多花胡枝子：小灌木，豆科胡枝子属，枝条细长柔弱，具条纹，花冠蝶形，花期7—9月，花瓣呈粉红色至紫色。其耐寒、耐干旱瘠薄土壤，适应性强，生于山坡丛林中。多花胡枝子枝条披垂，花期较晚，淡雅秀丽，观赏性强；根系发达，有根瘤菌，是很好的水土保持树种。

蒙古荚蒾

6. 六道木：落叶灌木，别名交翅，忍冬科六道木属。花粉红色，7—9月花开不断，幼枝带红褐色。耐寒、耐干旱瘠薄，在空旷地、溪边、疏林或岩石缝中均能生长。六道木枝叶婉垂，树姿婆娑，花美丽，萼裂片特异，具有较强观赏性。叶、花可入药。

7. 蒙古荚蒾：落叶灌木，别名蒙古绣球花，忍冬科。高达2米，花冠淡黄色，管状钟形，花期5—6月，果期6—8月，生长于海拔800—2400米山坡疏林下，生态适应性很强，叶片对灰尘的吸附能力强，具有很好的美化效果和抗污染能力。

虎榛子

南蛇藤

8. **南蛇藤**：藤本植物，卫矛科，别名合欢花。南蛇风、黄果藤，生长于山沟灌木丛中，长可达12米。花期5—6月，聚伞花序，黄绿色花瓣；果熟期9—10月，蒴果近球形，棕黄色；秋后叶变红色。根、茎、叶、果药用，能活血、行气、消肿、解毒、治蛇咬伤并做农药，树皮制优质纤维，种子油供工业用。

9. **暴马丁香**：落叶灌木或小乔木，别名暴马子、白丁香，木樨科丁香属。高达10米，树皮紫灰色或紫灰黑色，枝条带紫色，有光泽，圆锥花序大而稀疏，花序大型，花冠白色或黄白色，花期6月，蒴果长圆形，果熟期9月。生长于海拔300—1200米的山地针阔叶混交林内。

暴马丁香花序大，花期长，香味浓，是优美的绿化观赏树种。其树皮、树干及枝条均可药用。味苦，性微寒，具有清肺祛痰、止

第六章 植被物种

暴马丁香

咳、平喘、消炎、利尿功能。

珍奇树种

闪金柏：闪金柏是侧柏的一个天然变异种，实属罕见。该树当年生小枝及鳞叶呈金黄色，在阳光照射下金光闪闪，故名"闪金柏"，是一种观赏价值很高的园林树种。

山西省林业勘测设计院曳宏玉先生在2002年对乌金山森林景观调查时发现了两株闪金柏，一株位于八亩坪南，一株位于龙王山南端。

闪金柏为乌金山国家森林公园中一道亮丽的风景。

稀有树种

1. 蒙椴：别名小叶椴、白皮椴，椴树科椴树属。落叶小乔木，

闪金柏

黑弹朴

本氏木兰

株高6—10米,树皮红褐色,叶广卵形至三角状卵形,花期6—7月,果9月成熟。聚伞花序,有花6—12朵,黄色。果近圆形。生长于向阳山坡、岩石间隙。木材纹理细致紧密,是优质建筑材料。茎皮纤维坚韧,可代麻。花可提取芳香油,亦为良好的蜜源植物。

2. 黑弹朴:落叶乔木,别名小叶朴,榆科朴属。高达15米,胸径可达1米。树皮浅灰色,平滑。树冠倒广卵形至扁球形,花期6月,果期在10月。核果近球形,熟时呈紫黑色。耐寒、耐干旱,生长慢,寿命长,对病虫害、烟尘污染和有毒气体等具有较强抗性。

3. 本氏木兰:落叶灌木,豆科,木兰属,高达1米,开蝶形紫红色花朵,花期5—10月,可达半年之久。有较高的药用价值。

濒危树种

丽豆：蝶形花科丽豆属，多生长于山谷或山坡灌丛中。树皮红褐色，小枝密被灰白色长柔毛。奇数羽状复叶、互生，椭圆形或倒卵状椭圆形。总状花序，花黄色，花期6—7月。荚果矩圆形，果熟期8—10月。喜凉爽气候，耐寒力强。

丽豆

野生动物

　　据1986年北京林学院专家教授实地考察，乌金山国家森林公园有飞禽走兽、昆虫等动物150余种，如雪貂、金钱豹、狼、狍子、獾、野猪、狐狸、刺猬、雉鸡、灰鹳、环颈鸡、野兔、松鼠、石鸡、蛇类、老鹰、黄鹂、白天鹅等。其中雪貂、金钱豹为国家一级保护动物，雉鸡、灰鹳、白天鹅为国家二级保护动物。

　　1. 雪貂：雪貂是一种特别凶猛的貂，是捕鼠的能手，与野生的欧洲鸡貂非常相似。据说是由家养的貂与野生的鸡貂杂交产生的。雪貂是食肉类动物，属于鼬科。毛色呈野生色或白化色，野生色为体毛淡黄，黑脸。白化雪貂眼睛呈粉红色，毛呈白色。属国家一级保护动物。

雪貂

　　2. 金钱豹：金钱豹体型与虎相似，但较小，为大中型食肉兽类。雄性体重75千克左右，雌性体重55千克左右，身体全长（连尾巴）1.6—2米，尾长超过体长之半。头圆、耳短、四肢强健有力、爪锐利、伸缩性强。豹全身颜色鲜亮，毛色棕黄，遍

金钱豹

雉鸡

灰鹳

布黑色斑点和环纹，形成古钱状斑纹，故称之为"金钱豹"。豹的体能极强，视觉和嗅觉灵敏异常，性情机警，既会游泳，又善于爬树，成为食性广泛、胆大凶猛的食肉类动物。善于跳跃和攀爬，一般单独居住，夜间或凌晨、傍晚出没。常在林中往返游荡，生性凶猛，但一般不伤人。属国家一级保护动物。

3. 雉鸡：通称"野鸡"，鸟纲，雉科。雉鸡体长0.9米，羽毛华丽，颈下有一显著白色环纹。雌鸡较小，尾也较短，全身砂褐色，具斑，羽色暗淡，周身密布浅褐色斑纹。雉鸡栖于不同高度的开阔林地、灌木丛、半荒漠等地，是集食用、观赏和药用于一身的名贵野味珍禽，在我国传统文化中还有表达吉祥如意和美好前程之寓意，已被列入《国家保护的有益的或者有重要经济、科学研究价值的陆生野生动物名录》。

4. 灰鹳：也叫苍鹭，其他别名有老等、青庄、长脖老等，鸟刚，鹭科，大型涉禽。体长85—90厘米。喙和虹膜黄色，跗特长，其色黄中泛绿。头部白色，只头侧和枕部饰羽黑色。颈羽灰白，前颈有二或三条纵长黑纹，下颈有白色矛状羽。背部和尾苍灰色。下

体白色，缀以黑色细长纵斑。幼鸟体羽灰色更多，饰羽很短或全缺。多活动于河湖水际或沼泽间。属国家二级保护动物。据估计，全球灰鹳仅存5500只左右，目前已被列为亚洲地区濒临绝种的鸟类。

5. **白天鹅**：鸟纲，鸭科，学名大天鹅，别名黄嘴天鹅，是国家二级保护动物，全球易危物种。体长120—160厘米，体重6.5—12公斤，全身体羽为白色，嘴基黄色，并且延伸到鼻孔以下，嘴的端部和脚为黑色，身体丰满，长脖子，腿部较短，脚上有蹼。

白天鹅是一种候鸟，每年3月中旬，都会到乌金山明珠湖栖息，此时，近百只天鹅游弋于湖面，给沉静了一个冬季的明珠湖平添了无限生机和春意。白天鹅在湖面上自由自在地飞翔，或安详优雅地结伴嬉戏，或温情脉脉地交颈摩挲，或悠闲自得地以嘴梳理羽毛，或颈扎水中翩翩跳起"芭蕾舞"，千姿百态，构成一幅幅动人的画面。当然，最好看的便是一群白天鹅展翅翱翔的那一刻，就在你凝神之时，仿佛有人发出指令一样，几十只白天鹅齐刷刷地升空飞翔，动人洁白美丽的白天鹅、碧波荡漾的湖水、深沉厚重的黄土高坡融为一体，形成了一幅人与自然和谐相处的美丽画卷。

白天鹅

图书在版编目（CIP）数据

乌金山风景 / 王琳玉主编；山西乌金山文化旅游开发有限公司编. —太原：山西经济出版社，2018.11
（三晋凉都乌金山）
ISBN 978-7-5577-0420-9

Ⅰ.①乌… Ⅱ.①王… ②山… Ⅲ.①山—介绍—榆次区 Ⅳ.①K928.3

中国版本图书馆CIP数据核字（2018）第271323号

乌金山风景

主　　编：	王琳玉
编　者：	山西乌金山文化旅游开发有限公司
责任编辑：	郭正卿
装帧设计：	华胜文化
出版者：	山西出版传媒集团·山西经济出版社
社　　址：	太原市建设南路21号
邮　　编：	030012
电　　话：	0351—4922133（市场部）
	0351—4922085（总编室）
E-mail：	scb@sxjjcb.com（市场部）
	zbs@sxjjcb.com（总编室）
网　　址：	www.sxjjcb.com
经销者：	山西出版传媒集团·山西经济出版社
承印者：	山西臣功印刷包装有限公司
开　　本：	890mm×1240mm　1/32
印　　张：	6.125
字　　数：	136千字
版　　次：	2018年11月　第1版
印　　次：	2018年11月　第1次印刷
书　　号：	ISBN 978-7-5577-0420-9
定　　价：	120.00元（全四册）

个别图片作者虽经多方了解，仍未能确定，请作者与出版社联系付酬事宜。